À la folle jeunesse

DU MÊME AUTEUR

Cortex, Éditions Stock, 2017

Les chewing-gums ne sont pas biodégradables, roman graphique, Scali, 2008

Héroïne, roman, Flammarion, 2005 ; J'ai lu, 2007

Le pire des mondes, roman, Flammarion, 2004 ; J'ai lu, 2005

Poussières d'anges, récits, Librio, 2002

Superstars, roman, Flammarion, 2000 ; J'ai lu, 2005

Asphyxie, roman, Éditions Florent-Massot, 1996 ; J'ai lu, 1998

ANN SCOTT

À la folle jeunesse

———
ROMAN

Ouvrage publié chez Stock
sous la direction de Delphine Mozin Santucci

© Éditions Stock, 2010

Le Code de la propriété intellectuelle interdit les copies ou reproductions destinées à une utilisation collective. Toute représentation ou reproduction intégrale ou partielle faite par quelque procédé que ce soit, sans le consentement de l'auteur ou de ses ayants droit ou ayants cause, est illicite et constitue une contrefaçon sanctionnée par les articles L335-2 et suivants du Code de la propriété intellectuelle.

À Daul K.

Le côté temporaire de la vie rend toute attitude définitive ridicule, comme si on voulait faire preuve d'éternité ; or la fête est « l'orgie du provisoire qui se moque de l'éternité ».

Fabrice EMAER

There isn't going to be any turning point.
There isn't going to be any next-month-it'll-be-better, next fucking year, next fucking life (…).
This is really all there is to it.

Janis JOPLIN, 26 ans

Prologue

C'est le dernier jour, mais je ne le sais pas encore. Exactement comme au moment où a été pris ce Polaroïd. Je dois avoir dix ans, mes yeux sont plissés de fureur parce qu'on me force à me tenir face au soleil ou parce que je n'existe qu'en photo ; ma coupe au bol n'a rien à voir avec les Ramones – ma mère se contentait de me coller de l'adhésif sur le front et de couper ce qui dépassait –, et je ne sais pas que plus tard je vais devenir mannequin puis claustrophobe puis écrivain. Je ne me doute pas non plus qu'avant cela, à la rentrée en CM2, pendant la récréation, ma cousine Alexia qui est dans ma classe va se tirer une balle dans la tête devant tout le monde, avec le Beretta du garde du corps de son père, lequel fera la même chose le lendemain, et qu'au passage, son frère Arthur qui est en CM1 va grimper jusqu'au dernier étage du bâtiment, traverser le bureau de la directrice et se défenestrer. La mère, ma tante Andrea, sorte de Talitha Getty trentenaire qui franchira la grille de l'école au moment où Arthur s'écrasera sur le toit du réfectoire, sera alors la première, l'été de mes quatorze ans, à mettre sa langue dans ma bouche et à me montrer comment trouver la meilleure veine, vautrées à l'arrière d'une Plymouth marron garée sur un parking poussiéreux de Santa Cruz. Quelques heures plus tard, devant un soleil couchant violacé contemplé à travers le pare-brise, sa respiration qui s'affaiblira et ses lèvres qui vireront au bleu me contraindront à chercher de l'aide sur le front de mer désert, avant de devoir appeler mon père en PCV, en France, en pleine nuit, pour tenter d'expliquer que non, je ne me trouvais pas au bord de la piscine de Brentwood à faire mes devoirs de vacances, mais à plus de cinq cents kilomètres de là, à côté d'une épave d'occasion remplie de cartons de KFC graisseux dans laquelle sa petite sœur venait de succomber à un *speedball*.

J'ai dix ans sur ce Polaroïd. Le tee-shirt bleu ciel des *Dents de la mer* ne me rappelle rien, le banc de sable qu'on devine flou derrière non plus, et du jour où cette photo a été prise, je ne sais que ce qu'on m'en a dit : qu'après l'avoir éventée pour la faire sécher, au lieu de l'empocher comme n'importe quel parent, ma mère me l'a tendue comme si elle ne voyait vraiment pas quoi en faire. Maintenant je la regarde sans me reconnaître tant je n'ai aucun souvenir d'avoir été aussi déterminée, aussi certaine, à cet âge, de ce que j'étais et de ce que je refuserais de devenir, et je finis par penser que si je dois quelque chose à quelqu'un, c'est à cette gamine énervée qui ne fixait pas sa mère mais un point déjà bien au-delà.

I

Le taxi filait sur les berges désertes. Il avait neigé dans la nuit, mais ce n'était pas un de ces 1er janvier radieux où en sortant on est ébloui par le blanc qui recouvre tout, et les rues sont arrêtées, immobiles, silencieuses, jusqu'à l'air qui semble purifié. C'était un jour grisâtre qui se levait, à 8 heures du matin, et des quelques flocons tombés dans la nuit, il ne restait qu'une couche de glace sur les toits des voitures garées. Derrière la vitre embuée se succédaient les bas-côtés souillés de boue, les péniches amarrées et les eaux ternes de la Seine que le courant parsemait de crêtes d'écume. Çà et là, des silhouettes emmitouflées vidaient des seaux d'eau bouillante sur les ponts des péniches, soulevant de brusques nuées de vapeur comme des steaks jetés dans une poêle. Affalée en travers de la banquette, le manque de sommeil me donnait la nausée. La radio qui passait *Hotel California* me donnait envie de hurler, ou de pleurer, et dans les paroles je voyais ma tante.

Je la voyais le matin de sa mort, avant que le moteur de sa 911 lâche sur Pacific Coast Highway et qu'on achète la Plymouth pour continuer à rouler. Je la voyais dans la cuisine, au petit déjeuner, en peignoir, une serviette enroulée autour des cheveux, en train de boire un whisky en même temps qu'elle tassait le coussin d'une chaise afin que je m'y asseye. Je voyais ses doigts crispés autour du verre pour ne pas le lâcher, un verre en cristal trop large, trop épais, trop lourd, et ses phalanges entre ses bagues qui devenaient blanches. Je voyais la fraction de seconde où le verre lui avait échappé, et ses jambes nues qui s'étaient contentées de se raidir au lieu de reculer pour ne pas être éclaboussées ou recevoir d'éclats. Je voyais ses orteils dans la flaque, le vernis impeccable, le verre qui s'était simplement cassé en deux, et je voyais ses yeux bleus : ils fixaient un glaçon qui avait glissé sur le carrelage jusqu'à la baie vitrée, mais ils auraient aussi bien pu fixer le type qui passait une épuisette à la surface de l'eau de la piscine, quand elle avait dit que regarder un glaçon fondre était comme voir quelqu'un sans substance s'évaporer.

Quelques mois plus tard, le soir du réveillon, au Palace, alors que je dansais sur la piste et que je levais un gin tonic à sa santé, alors que je le tendais vers la boule à facettes dont les éclats me rappelaient ses bracelets, un type m'avait bousculée et un glaçon avait giclé du verre. Il avait atterri sur le haut d'une enceinte à côté de moi, une enceinte recouverte de confettis d'argent qui se reflétaient dans ses arêtes, et malgré la moiteur de l'endroit bondé, il trônait là intact, cristallin. Pas même l'amorce d'une infime petite flaque. Rien qui laissait présager du début de la fin, et c'était comme ça que ma vie m'apparaissait à quelques jours de mon quinzième anniversaire. Intacte, même quand certains points de non-retour semblaient déjà avoir été franchis. Sauf que la semaine prochaine je n'aurai pas quinze ans. Ce glaçon a maintenant fondu depuis vingt-cinq ans, et avec lui ont disparu l'insolence et la fièvre pour céder la place à la peur.

Le taxi m'emmenait au Flore pour le premier petit déjeuner de l'année. On improvise des points de chute en sortant de boîte, sans manteau par moins cinq degrés, et vingt-cinq ans plus tard on se retrouve otage d'un rituel. Au début on sortait tellement, avec Marie, qu'atterrir là-bas pour un dernier verre ou des croissants semblait la chose à faire avant de rentrer s'écrouler. Mais depuis combien d'années je mentais ? Froisser une chemise, éviter de sentir le dentifrice ou la crème hydratante, avaler une vodka à jeun pour imprégner l'haleine. On m'enterrera sans que j'aie eu à reconnaître avoir rompu le pacte depuis longtemps, ce pacte scellé aux Oiseaux, un après-midi de printemps, allongées sur la pelouse du parc alors qu'on découvrait *Façade* et *Égoïste* – ce pacte formidable qui promettait de ne jamais rater aucune fête, car chaque fête est unique et porte en elle la promesse d'un possible moment de grâce.

Savoir si ce genre de fêtes existe toujours n'est pas la question ; combien de fois j'ai quand même crevé d'envie de sortir, postée devant la fenêtre ouverte du salon à épier les bruits de la rue, violemment envieuse de ceux que j'entendais s'enfoncer dans la nuit. Chaque fois je revoyais le réveillon du Palace, les portes battantes qui continuaient de déverser des grappes de gens à intervalles réguliers, alors que partout ailleurs dans la salle, aux abords de la piste, au bar, jusqu'aux balcons de l'étage, la foule paraissait figée tant elle était compacte. Sur le boulevard, la neige qui bloquait la circulation avait contraint la plupart à abandonner leur voiture pour continuer à pied sur la chaussée ; l'embouteillage massif s'étendait aussi loin qu'on pouvait regarder en direction de Bonne-Nouvelle ou d'Opéra, tandis que dans une ruelle adjacente, une queue débordait du trottoir et remontait jusqu'à l'angle du boulevard. Des centaines de personnes se tenaient les unes aux autres pour ne pas glisser sur la neige, chacune d'entre elles savait que l'endroit était déjà plein à craquer, et chacune priait pour que la file ait le temps de diminuer avant que les videurs décident de ne plus laisser entrer qui que ce soit. J'allais avoir quinze ans et je me fichais de savoir où se trouvaient les sorties de secours. Mettre plus d'une demi-heure pour traverser la salle jusqu'aux toilettes ne déclenchait chez moi aucune attaque de panique. Ce qui comptait se résumait à la paille de McDo coupée dans la poche de mon jean, au refrain de Sylvester qui soulevait toute la piste et à mon chewing-gum qui avait encore du goût. Maintenant j'ai le MP3 de *You Make Me*

Feel mais je ne vais plus nulle part. Pour ça il faudrait d'abord qu'on réponde à mes questions, et encore faudrait-il que je les pose, et à force les gens se lassent, ils ne vous invitent plus que pour la forme, sans insister, sans se douter que cette fois vous pourriez faire l'effort, et je dois bien l'avouer, il ne reste presque plus rien dont je sois capable sans qu'on insiste.

Le taxi longeait les quais. Pas de voitures arrêtées aux feux rouges des carrefours. Pas une silhouette sur l'esplanade du Trocadéro. Un homme avec un parapluie tirant sur la laisse d'un chien assis, résolu à ne pas avancer. Un autre tête nue en train de donner des coups dans un parcmètre. Un couple déchargeant des valises d'un 4×4 avec un enfant endormi sur l'épaule de la femme. Personne parmi les gens que je connais n'a d'enfant. À droite la Seine resurgissait régulièrement, sale, agitée. Un flot de souvenirs remontait, mais chacun restait incomplet. J'aurais pu dire que telle discussion houleuse sur la loi Savary avait eu lieu en haut des pistes, à Val-d'Isère, où je mangeais une crêpe au Grand Marnier et mes skis étaient des Rossignol bleus avec une bande rouge, mais qui d'autre était assis à cette table et savais-je déjà que rien ne serait jamais plus comme avant ? Marie se consumait pour un Espagnol avec un grain de beauté au-dessus d'un œil, et j'avais taché de jus de framboise le cuir de la plage arrière d'un Riva, mais était-ce celui de mon père ou avait-il déjà cessé de vouloir de moi en vacances ? Ma grand-mère était devenue blanche en entrant dans la salle de bains où je faisais chauffer une cuillère, mais avais-je déjà couché avec un garçon et ma mère avait-elle déjà dit qu'elle n'était pas faite pour les enfants ?

Il ne reste plus grand-chose dont je me souvienne véritablement. Tout ce qui a eu lieu après l'incident à l'étage du bus est noyé. Je ne me rappelle plus, parce que mon cerveau s'est retranché quelque part où rien ne peut avancer ni reculer, où rien ne risque d'empirer. Il y a toutefois une succession d'événements dont je me souviens plus ou moins dans l'ordre – ce qui est arrivé après la sortie de *Superstars* – car tout en découle depuis de manière directe. Ce qui m'a ramenée à *Lunar Park* que je venais de relire. En le refermant, j'avais songé que l'introduction était parfaite pour préparer à la compréhension de la suite. Personne n'avait jamais osé avant Ellis, et maintenant plus personne ne s'y risquera de peur d'être accusé de plagiat. Pourtant s'interdire de reprendre le procédé reviendrait à se croire trop malin pour accepter qu'un autre a déjà ouvert la voie.

J'ai sorti mon portable. Où que Bret se trouve, c'était probablement encore la nuit et je m'attendais à le déranger en plein réveillon, plus vraisemblablement à ce qu'il ne décroche pas, mais il a répondu, et derrière sa voix égale à elle-même on ne percevait que des bruits de fourchettes.

— Tu serais outré que mon nouveau livre commence comme le tien ?

— Penses-tu, puisse cette...

On passait sous un tunnel. Une fois à l'air libre j'ai rappelé.

— Puisse cette pirouette te libérer des contraintes de la narration comme elle l'a fait pour moi. Mais n'oublie pas que...

Cette fois mon téléphone s'est éteint. Que quoi, Bret ? j'ai marmonné en visualisant le chargeur, chez moi, que j'avais oublié de brancher. Le taxi était arrêté au dernier feu avant la Concorde. À travers les grilles des Tuileries encore closes, on pouvait distinguer les branches des arbres, noires, décharnées. À la pension, avec Marie, le soir, une fois les lumières éteintes, on était toujours les seules à se laisser glisser le long de la gouttière pour aller s'allonger dans l'herbe et contempler les étoiles. La journée, on échappait à l'uniforme en enfilant le V bleu marine à même la peau ; la nuit, on lisait *Le Jardin des Finzi-Contini* à la lampe de poche. Le week-end, à Clignancourt ou à Montreuil, on retournait les montagnes de vestes sur les tables avec un seul mot d'ordre : Saint Laurent sinon rien. On fouillait les vieux *Vogue* de la Galcante à la recherche de photos de bals d'André Ostier. On passait du Select à La Coupole, du Dôme à La Closerie. On buvait du champagne au pied des bronzes verdâtres du Luxembourg, on jetait des pièces dans la fontaine Médicis. On traînait sous les fenêtres du 12 Montaigne avec l'espoir d'apercevoir Dietrich, et on rêvait qu'un jour on rachèterait une villa de Mies van der Rohe. Le feu est repassé au vert. Que *quoi*, Bret ?

*
* *

Avant la sortie de *Superstars*, en 2000, j'étais parvenue à un seuil critique. Fauchée, sans électricité ni téléphone, j'avais tapé le texte sur un vieux Performa alimenté par une suite de rallonges qui passait par ma fenêtre et descendait jusque chez Stella, quatre étages plus bas.

J'avais trente et un ans, les années de mannequinat étaient loin derrière, mon premier roman n'avait rien changé et ma conseillère de RMI perdait patience (pas pu venir au rendez-vous parce que je me trouvais chez des amis, quand deux dealers ont fait irruption dans le salon en mitraillant tout le monde, et je m'en suis tirée en me cachant derrière un canapé d'où je n'ai pas osé bouger pendant deux semaines). Mon entourage amical avait volé en éclats après une aventure mal inspirée – l'« intrigue » de *Superstars* – et hormis Marie, il n'y avait plus personne pour me rendre visite. J'habitais une partie moche du Xe, un deux pièces mansardé sous les toits d'un immeuble quelconque au fond d'une cour lugubre, et petit à petit, complètement isolée, je glissais dans un monde parallèle. Mes nuits étaient peuplées de cauchemars – moi debout sur une potence, montrée du doigt par une foule hurlante m'accusant de me prendre pour Bandini dans *Demande à la poussière* –, mes journées traversées d'élaborations savantes telles que : si je m'en tiens à des cigarettes vendues par dix au lieu de vingt, restera-t-il de quoi acheter du beurre en plus des pâtes ?

Si je n'avais pas trébuché sur un arrosoir, dans la cour, je n'aurais peut-être jamais parlé à ma voisine Stella. Je ne lui aurais pas offert mon premier roman et elle n'aurait pas eu cette phrase déterminante, le lendemain : « Je n'ai aucune complaisance pour les gens qui ont du talent et qui n'en font rien. » J'avais le choix entre me passer de sa future amitié ou remonter chez moi commencer un nouveau livre. Stella qui était journaliste a aujourd'hui publié quatre romans ; la pousser sans relâche à sauter le pas a été le moyen de la remercier.

Superstars était l'histoire d'une *deejay* de trente ans, Louise, qui au lendemain d'une décennie de techno et de milieu lesbien se réveillait avec des envies de retour au rock et aux garçons. C'était aussi la rencontre de Louise et d'Inès, habile garce de dix-sept ans que Louise raflait à une ex sans s'assurer que ça en valait la peine. C'était, enfin, le portrait d'une catégorie de jeunes artistes avides de reconnaissance planétaire sur fond de MTV, le tout, il faut bien le reconnaître, noyé dans une débauche de sexe et de drogues en tout genre. Ce livre aurait dû rester un témoignage confidentiel au lieu de la méprise qu'il allait devenir. Non seulement son contenu n'était pas autobiographique au point où on l'a imaginé, mais le style requis par le sujet était à l'opposé de celui auquel j'aspirais, et aujourd'hui encore, ce double malentendu n'en finit pas d'avoir des conséquences.

Superstars était surtout le sursaut de la dernière chance, celle de régulariser quelques factures et d'échapper aux sarcasmes de mon père. J'avais grandi dans une maison au bord d'un golf, mon père jouait au polo, mon grand-père était ministre sous Giscard, et pour ne pas finir mariée à un type en blazer qui m'aurait mal baisée le samedi soir, depuis le milieu de l'adolescence je faisais la punk. On m'a convaincue de barrer deux cents pages sur cinq cents, on a affublé la couverture d'une fille bizarre à perruque rousse, et on m'a enfin envoyé un chèque – à-valoir réclamé pendant des mois à un directeur littéraire très amusé de me savoir en train de travailler avec une rallonge qu'il fallait débrancher chaque fois qu'il pleuvait. Ce jour-là, en ouvrant l'enveloppe, j'avais exécuté la danse de Tom Cruise dans *Risky Business*, en culotte, en beuglant Bob Seger *a capella* puisque sans électricité. La suite, bien que très gratifiante et lucrative, est devenue pour moi un non-sens car je n'ai plus jamais vraiment eu le sentiment d'être moi-même.

Patrick Eudeline avait ouvert le bal en avançant le « possible roman d'une génération » et le bouche à oreille s'était chargé du reste. *Technikart* m'octroyait quatre pages en présentant le « premier roman pop français crédible ». *Elle* annonçait un « manifeste des années quatre-vingt-dix qui clôt la période et assoit le genre ». *Le Figaro Magazine* parlait d'histoire « brûlante ». *Epok* y consacrait un édito entier terminant par « elle vit à Paris et il faut que cela se sache ». Bourseiller me traitait (intelligemment) de « cas limite », Beigbeder enchaînait les éloges dans *Rive droite Rive gauche*. Toute la presse hype de *Trax* à *Tribeca* chroniquait, toute la presse régionale de *Sud-Ouest* à *La Semaine des Pyrénées* relayait. *Le Magazine littéraire* et *Libération* m'ignoraient, mais *Le Monde*, en attendant de se décider, me citait dans tous ses articles concernant les jeunes auteurs, l'autofiction, le rock, la musique électronique, les raves interdites, les drogues, le sexe chez les 25/30 ans, la bisexualité et l'homosexualité. À l'approche de Noël, la perruque rousse passa jusqu'à l'écœurement sur les tapis des caissières des Fnac, et à partir de janvier, un chauffeur noir se mit à venir me chercher le matin. Que j'aie dormi chez moi ou ailleurs, Sam attendait à côté de l'Audi en me tendant un gobelet de Guronsan. Il était là pour s'assurer que je sorte du lit. Au début je montais devant tellement c'était embarrassant, puis rapidement j'ai émigré derrière pour me rendormir. Sam était un des hommes à tout faire de ma maison d'édition, de ceux qu'on voit remettre du papier dans les photocopieuses ; à la fois quelconque et à part, saisissant de grâce comme le sont souvent les Somaliens en exil, grands, fins, silencieux. Sans doute n'avait-il encore jamais été au contact d'auteurs, et si les premiers jours il semblait dépassé par ce cirque, il n'est pas exagéré de dire que par la suite il s'est occupé de moi comme de ses propres enfants, car nombreuses ont été les fois où, jugeant mon état préoccupant, il m'a ramenée chez lui où sa femme se relevait en enfilant une robe de chambre pour m'installer sur le canapé de leur salon.

Je ne sais plus à quel moment les gens ont commencé à se comporter de manière gênante, mais une fois que ça s'est mis en place, ça n'a plus jamais disparu. Où que j'aille, il y avait toujours quelqu'un pour venir me parler. On me conviait à des vernissages, des soirées, des dîners, des soupers, des goûters, des petits déjeuners. Ceux qui m'accompagnaient me répétaient qu'une apparition réussie est une apparition brève, tandis que ceux qui recevaient se pliaient en quatre pour que je ne retrouve pas le chemin de la sortie. On remplissait mon verre, on allumait mes cigarettes, on me donnait l'heure. Quand j'allais aux toilettes, j'entendais chuchoter derrière la porte. Quand j'étais seule quelques secondes, on venait me glisser des comprimés ou des sachets aux noms obscurs tels que DOB, DMX, STP que j'empochais pour faire plaisir avant de les balancer derrière les meubles, derrière les plantes, dans le caniveau. On me demandait si je voulais le dernier Nokia, un abonnement à la salle de gym du Costes. Aux terrasses du Marais, un serveur arrivait en décapsulant un Coca (boisson de Louise dans le livre). Que je pousse la porte de La Maison Blanche ou de Lucas Carton, un maître d'hôtel faisait signe qu'on allait me trouver une table. Je traînais maintenant avec des chanteurs anglais et des acteurs américains qui n'avaient aucune idée de ce que j'écrivais. Je me faisais coiffer par John Nollet et balayer trois mèches par Christophe Robin. Les vêtements prêtés pour les télés n'étaient jamais réclamés. J'ai fait un *prime* seule face à David Bowie qui m'avait choisie parmi la liste d'invités qu'on lui proposait. J'ai coécrit un morceau pour *Paradize*, l'album qui a repropulsé Indochine numéro un. Un soir, sur Europe 1, la voix stupéfiante de Marie Trintignant a lu le passage le plus pornographique du livre, et Madonna m'a reçue pendant une heure dans une suite du Ritz où le *room service* apportait du tofu et une assistante vaporisait des huiles relaxantes. Elle voulait acheter les droits cinéma, je ne sais plus pourquoi en cours de route elle s'est désistée.

Des lettres de fans étaient réacheminées chez moi et les premières ont toutes obtenu des réponses, jusqu'à ce qu'assise en tailleur au milieu de mon salon je commence à avoir des envies de meurtre : les filles s'identifiaient à « la petite Inès » et se proposaient de la remplacer – comme si j'avais besoin d'une nouvelle plaie de ce genre –, les garçons promettaient de me montrer la différence avec un gode ceinture. J'ai fini par demander à mon éditeur de ne plus rien faire suivre, et mes passages dans ses locaux se sont transformés en intenses moments de solitude, poussée dans une pièce vide avec un sac de la Poste. Je n'ai jamais ouvert aucun de ces sacs, je restais assise à creuser un trou dans la poche de mon manteau, avec mon ongle, jusqu'à ce que la doublure entière tombe en lambeaux et qu'il faille la remplacer. Une fois ou deux j'ai songé à me renverser le sac sur la tête, et ensuite, je ne sais pas, peut-être aurais-je pu prendre une lettre au hasard, appeler la personne et lui débiter des choses perturbantes.

Il y a eu des dérapages, comme cette fille de dix-sept ans qui s'est jetée sous un train, en Eure-et-Loir, parce que je n'avais pas répondu à ses lettres, et je m'étais sentie tenue d'assister à son enterrement, sous la pluie, entourée de sa famille qui m'aurait volontiers poussée dans le trou. Son journal mentionnait une aventure fictive et il avait fallu verser trente mille francs afin que les parents ne portent pas plainte (ont-ils su qu'après l'enterrement, alors que je remontais dans l'Audi, leur seconde fille encore plus jeune était venue me glisser son numéro de portable ?). Une autre de quatorze ans, dans le Doubs, s'était envoyé des e-mails en se faisant passer pour moi. N'importe qui peut créer une adresse hotmail à votre nom. L'accusation de détournement de mineur a été classée sans suite, Dieu merci, néanmoins la juge, qui devait avoir une fille du même âge, s'est octroyé le plaisir de me coller des travaux d'intérêt public : quatre dimanches soir de suite, là-bas, à Pontarlier, en plein décembre, à me geler les fesses sur un trottoir pour distribuer de la soupe aux sans-abri.

À compter de ce moment-là, chaque fois qu'on me prenait en photo, je me suis mise à fixer l'objectif avec insistance pour faire sentir aux gens dans leur salon, dans leurs toilettes, chez leur dentiste que tout ça commençait à me courir. Bien sûr que je couchais avec des fans de moins de dix-huit ans ; garçons et filles confondus, je tentais malgré moi de retrouver Inès. Je les emmenais à l'hôtel, pour me rendre compte au matin qu'ils m'avaient fait les poches, embarquant mes lunettes de soleil, ma carte d'identité ou les clefs de chez ma mère. Par respect pour eux et pour moi-même, je ne retranscrirai pas le pathétique de ces séances. Disons seulement que c'était toujours foutu d'avance car personne ne voulait entendre que je n'étais pas Louise. Chacun réclamait les mêmes scènes que dans le livre, les mêmes positions, les mêmes dialogues, fais-moi ci, dis-moi ça, promets-moi que – et je n'avais pas envie de *ces choses*, je ne savais même plus si elles avaient réellement eu lieu ou si elles étaient sorties de mon imagination pour les besoins de l'histoire. J'avais le choix entre jeter la personne dehors ou l'attraper par la gorge en criant : « C'est vraiment ça que tu veux ? », et en général c'était comme ça que ça se terminait, deux corps qui n'avaient rien à faire ensemble en train de s'envoyer en l'air furieusement, mais pas pour les mêmes raisons, ou peut-être que si.

Il y a eu des situations embarrassantes, comme à *Nulle part ailleurs* où j'ai dit que l'homosexualité était infantile, mais ce jour-là j'ai fait pire encore en affirmant que le remake des *Choses de la vie* était meilleur que l'original. Il y a eu *RDRG*, où pour une raison que j'ai oubliée j'ai traité des journalistes des *Inrockuptibles* de frustrés, en représailles le journal a démoli le livre et n'a pas chroniqué les suivants. Au festival d'Astropolis où je faisais une lecture, j'ai été arrêtée sur scène devant quinze mille personnes parce qu'un gamin qui avait pris trop de MDMA avait fait croire que c'était moi qui lui en avais vendu. J'ai fait une syncope sur le carrelage des toilettes de

Castel où quelqu'un demandait à la ronde qui m'avait refilé de la mauvaise coke pour me faire dégager du classement des meilleures ventes. Et puis il y a eu cette annonce bizarre, sur France Info, disant qu'une jeune romancière qui pourrait être l'auteur de *Superstars* venait de succomber à une overdose dans un hôtel du VIIIe, et Stella qui roulait sur l'A10 a perdu le contrôle de sa voiture et s'est fêlé deux côtes contre son volant.

Un journaliste hollandais a souligné qu'aucun des personnages de *Superstars* n'ouvrait jamais un quotidien, ne regardait les informations ou ne s'intéressait à ce qui se passait dans le monde. C'était étonnamment vrai, et pour cause, je n'avais pas su grand-chose de celles et ceux qui leur avaient servi de modèles. Unetelle parlait comme ci ou telle autre dansait comme ça, mais qui pensait quoi de l'intervention de l'OTAN en Serbie ou de la démission de Strauss-Kahn, je n'en avais aucune idée. Je ne savais même pas qui avait une carte d'électeur. Le temps où j'avais fréquenté cette bande, je n'avais rien appris de leurs pensées intimes et encore moins de leurs rêves, de ceux qui vont au-delà de la rave parfaite, du kilo de coke et de la villa avec piscine. Je ne connaissais pas mes propres rêves non plus. Quand on n'a pas un centime et que chaque jour est la réplique du précédent, on finit par oublier qu'on pourrait avoir envie de quelque chose. Alors ce qui se passait ailleurs, encore aurait-il fallu être en état de tendre le bras pour saisir la télécommande et monter le son.

On ne me demandait jamais pourquoi j'écrivais ni qui je lisais. Les questions tournaient toujours autour de ma brève cohabitation avec Despentes ou de ma carrière de « mannequin avant-garde ». Cette carrière n'en avait pas été une, trois années tout au plus et pas de halls d'aéroports à 5 heures du matin. L'étiquette *trendy* collée à Londres résumait très bien ce que j'étais – une curiosité tatouée et non un top qui ne sortait pas de son lit à moins de quatre-vingt mille –, mais elle s'est transformée en avant-garde sur le clavier d'une stagiaire pas bilingue. Ces trois années sous héro avaient toutefois permis de racheter le crédit de la maison de Lindsay, ma *bookeuse* et petite amie de l'époque, maison que je lui avais laissée à la séparation. Un des murs était peint par Keith Haring, et le jour où elle l'a revendue, mon père qui est collectionneur s'y est pris trop tard pour l'acquérir et a eu sa première attaque cardiaque.

On s'en fichait de savoir si j'aimais Proust ou Capote. Je n'avais jamais rencontré Gia Carangi, mannequin américaine héroïnomane et lesbienne, morte du sida, qui ne travaillait déjà plus quand j'avais commencé ; ni Davide Sorrenti, photographe italien déclencheur de la vague *heroin chic*, mort d'une overdose, dont la carrière avait débuté cinq ans après que j'avais quitté ce milieu – mais peu importait, on voulait quand même savoir quel avait été mon degré d'amitié avec eux. Les mêmes questions revenaient sur Warhol et Basquiat, sujets toujours éludés car il n'y avait rien à raconter. J'avais croisé le premier à un de ses vernissages, à Londres, où je lui avais offert un collage fait à partir de la photo d'Avedon, celle qui montre la cicatrice de la balle qu'il avait prise – bref, il l'avait signé avant de me le rendre, geste que je n'avais pas compris, et j'avais jeté le collage par terre, avant d'être invitée à un dîner où je n'avais pas été placée à la même table que lui. Quant à Basquiat, il se trouvait avec des amis que j'avais rejoints un soir au restaurant, et au-delà du coin de nappe griffonné que j'avais arraché en repartant, ce qui a valu à mon père sa seconde attaque quand je l'ai perdu, partager sa seringue dans une chambre d'hôtel pendant quelques heures ne me semble pas être l'anecdote ultime. La seule qui aurait pu être amusante à relater était l'obsession nourrie à l'égard de Linda Evangelista pendant un temps. À New York, d'abord, où j'avais obtenu son numéro et où j'appelais pour l'écouter répéter « allô », sans vraiment savoir si c'était elle qui répondait. Puis à Paris, dans le XIVe, où j'avais sonné à la porte de sa maison en cours de réfection avec deux packs d'eau minérale à livrer. Vêtue d'un uniforme Franprix emprunté contre une place pour les Cure, j'avais déambulé parmi les ouvriers à la recherche du chef de chantier pour faire signer mon bon de commande fabriqué à la photocopieuse, mais il n'y avait eu rien d'autre à voir que des gravats. Voilà le genre d'inepties que j'aurais pu raconter aux pigistes qui se fichaient de parler d'écriture.

Je restais cependant polie. J'arrivais à l'heure et ne laissais pas transparaître ma lassitude. Je réglais les verres et ne ramassais pas les reçus de carte bleue. Quiconque voulait discuter n'était jamais repoussé, quiconque voulait aller dîner après une signature n'était jamais rembarré. Néanmoins on a quand même commencé à m'en vouloir. Les uns ont crié à l'hypocrisie quand Ardisson a révélé que mon père était banquier, mais où était le problème, je n'avais jamais prétendu qu'il vissait des boulons. Les autres trouvaient que « mes petites fesses de nouvelle riche se coulaient un peu trop facilement dans les fauteuils des grands hôtels ». En fait de « nouvelle riche », un des ancêtres de la famille était un architecte de Catherine II et j'ai appris à parler sur les genoux d'Irina Youssoupoff, nièce de Nicolas II et femme de Félix Youssoupoff qui a tué Raspoutine. Je donnais des « conférences » devant des parterres d'étudiants qui voulaient uniquement savoir si je considérais que Brian Molko était la nouvelle icône bisexuelle. J'étais prise à partie par des organisateurs d'événements techno qui me reprochaient d'associer drogue et musique ; par des représentants de la communauté gay qui me reprochaient d'associer drogue et homosexualité. Des lecteurs m'envoyaient leurs manuscrits puis m'insultaient de ne pas les lire. D'anciennes connaissances perdues de vue saturaient le répondeur de ma mère qui était dans l'annuaire. Des filles se faisaient passer pour moi sur *Gayvox* ou sur *Meetic*. Je haussais les épaules avant de me rendormir sur la banquette de l'Audi, sur la banquette du studio de la radio, sur la banquette de la loge de la télé car tout cela me faisait l'effet d'arriver à quelqu'un d'autre.

Ce que personne ne savait, à part mes proches, c'était l'état dans lequel j'étais pendant cette promo qui a duré un an. Je suis claustrophobe et agoraphobe. Autant dire paniquée dans les petites librairies comme dans les grandes, les boîtes de nuit, les rassemblements, les ascenseurs, les parkings, et bien évidemment en avion, en train, en bateau, mais aussi en voiture, dès lors qu'on se trouve sur une autoroute, sous un tunnel ou sur un pont où un embouteillage est en train de se former. Cela explique que malgré une consommation massive de benzodiazépines, je n'ai mis les pieds dans aucun des pays où le livre a été traduit. À l'exception de l'Allemagne – parce que tout de même, Iggy, Bowie, Lou Reed – qu'on a sillonnée en voiture, avec Sam, passé de chauffeur et confident à garde du corps tant les fans allemands étaient *hardcore*. Je dois ma survie à ce refus de voyager car, rien qu'à Berlin, en moins de vingt-quatre heures on m'avait proposé de l'héro six fois. À Paris, difficile de déraper avec Stella pour me surveiller, mais sur la route... Sam ne s'autorisait jamais de remarque. Si j'avais pris trop de coke et que je m'agrippais à son bras, il m'allongeait à l'arrière de la voiture et me mettait du Puccini ou du Verdi. Si je ne voulais pas aller enregistrer cette énième radio, il proposait qu'ensuite on loue une barque au bois de Boulogne, et nous le faisions. Si je ne voulais pas aller signer à l'autre bout du pays, il promettait qu'au retour on ferait un détour de deux cents kilomètres pour aller fleurir la tombe de Liev. Où que l'on se rende, il demandait à voir la sortie de secours. Quand je n'avais presque plus de médicaments, il montait chez mon médecin qui lui donnait une ordonnance entre deux portes. Quand mon attachée de presse appelait sur mon portable, il répondait à ma place et me disait ce que j'avais besoin de savoir. J'étais soulagée d'être prise en charge à ce point. Le front incliné contre la vitre, je regardais défiler les champs ou les platanes des avenues de Paris, et je ne sais pas où je me trouvais, alors, dans ma tête, tandis que mes yeux erraient quelque part au-delà de ce que je voyais.

Mon père avait probablement honte dans ses dîners mondains quand les femmes de ses associés disséquaient certaines scènes de *Superstars* ; ma mère, toujours entre deux avions, jurait d'acheter tel ou tel magazine mais ne le faisait apparemment pas. Marie était exaspérée qu'il ne soit plus possible de me voir seule ; Stella se demandait quand je me remettrais à écrire. On partageait à présent un loft au bord du canal Saint-Martin, mais les rumeurs d'orgies censées avoir eu lieu dans le sauna sont fausses, il servait de débarras aux affaires de la fille qui nous avait sous-loué l'endroit. Au-delà d'occasionnels traits de coke et des coupes de champagne, l'état dans lequel on me croisait n'était rien d'autre qu'un effroyable cocktail d'adrénaline et d'épuisement.

Superstars a été considéré comme un premier roman, il s'est donc retrouvé affublé de l'étiquette autobiographique, à tort. Je n'ai pas repris d'héroïne depuis 1990, je n'ai jamais assisté à une rave à cause de mes phobies, j'ai horreur du McDo et je ne sais absolument pas me servir du logiciel Cubase, aussi suis-je perplexe quand je vois des gens sur des forums demander où trouver « mon disque ». Pourquoi diable, alors, a-t-on pensé que tout était vrai dans ce foutu bouquin ? Eh bien parce que je l'ai dit. Une fois qu'une histoire a été écrite – une fois qu'on a transformé une réalité en fiction en modifiant les événements, les lieux et les dialogues –, il arrive que la perception qu'on garde de cette réalité en soit également modifiée. Je suis par exemple tombée des nues quand récemment on m'a rappelé qu'au moment de la rencontre avec Inès, je ne vivais déjà plus avec Pallas, mais ailleurs et seule. Ça m'a frappée, aussi, en revoyant certaines télés, de constater à quel point je répondais à tout au premier degré. Je donnais l'image d'une fille habitée par ce qu'elle racontait, et il n'en a pas fallu plus pour me forger une réputation d'auteur « archi sincère ». On m'arrêtait dans la rue pour ça, pour cette sincérité. On voulait me serrer la main, me remercier. Merci d'avoir fait comprendre à mes parents que mes fringues XXL ne sont pas si grotesques, merci d'avoir expliqué qu'on peut se droguer et être quelqu'un de bien, merci d'avoir parlé au nom de toutes les lesbiennes qui souffrent. On me souhaitait le meilleur, comme à un otage qu'on vient de libérer. C'était franchement embarrassant, mais c'est ce que les gens veulent, maintenant. Ils veulent de la peur, du sexe et du remords. Ils veulent vous voir baisser les yeux ou insulter le présentateur. La punkitude n'est plus l'écoute de trois accords répétés sur deux minutes trente, c'est devenu générique.

Les livres suivants sont une autre affaire. Aucun n'a ressemblé à ce qu'il aurait dû être. Avec *Poussières d'anges*, recueil de portraits inégal, j'espérais me faire un peu oublier, et au contraire les portes se sont ouvertes plus grandes encore. Les cent quarante mille euros obtenus pour trois nouveaux romans ont donné *Le Pire des Mondes*, qui était ambitieux mais bâclé ; *Héroïne*, conséquence aliénée du retour d'Inès, et le troisième n'existe toujours pas. *Les chewing-gums ne sont pas biodégradables* n'était en aucun cas un « roman » malgré ce qu'indiquait la couverture ; c'était une nouvelle amusante et légère comme on en trouve l'été dans certains magazines, mais comme ce n'était pas l'été et que j'avais besoin d'argent, elle a atterri chez un petit éditeur. En dehors de ça, ce qui subsiste de ces années est le visage de Tetsuya, architecte franco-japonais de quarante-six ans sur lequel j'ai promis de ne pas écrire. Il convient simplement de préciser qu'il n'avait jamais entendu parler de *Superstars*, ce qui avait permis de renvoyer Louise à ce qu'elle n'aurait jamais dû cesser d'être, un personnage de roman. Il convient aussi d'ajouter qu'à son contact, mes phobies avaient grandement reculé. Nous vivions en pleine campagne, aussi quand l'histoire s'est terminée, non seulement les phobies sont revenues au premier plan mais elles se sont aggravées. Le reste, je ne sais pas. J'ai arrêté de sortir de l'appartement. Les rideaux tirés, la nourriture livrée, des heures au téléphone, des nuits entières sur des forums à laisser des commentaires furieux, et puis des coups de sonnette, des fans un peu plus vieux que les précédents, et j'ai eu ma dose de bouches qui embrassaient mal et de sexes qui sentaient trop fort pour les trois prochaines vies. Je ne crois pas avoir lu un seul livre pendant cette période. Chaque fois que j'en ouvrais un médiocre, je le jetais contre le mur, sidérée qu'il ait pu être publié, et chaque fois que j'en ouvrais un bon, je le refermais aussitôt tant ça me mettait face à mon impuissance. Je voulais écrire quelque chose qui compte, qui justifierait qu'on s'y arrête ; quelque chose de consistant, mais aussi d'honnête, de généreux, qui redonnerait ce que j'avais reçu des auteurs que j'avais aimés. Mais je me rendais compte que j'avais des carences dans presque tous les domaines. Aucune dimension intellectuelle, aucune réflexion sociologique, et aucune mise en perspective du peu que je connaissais. Il y a aussi cette éternelle question : écrit-on parce qu'il nous arrive des choses, ou nous arrive-t-il des choses parce qu'on écrit ? Deux livres sur Inès, pour deux coucheries et demie.

Je jouais au Tetris, en fait. Je jouais tout le temps. J'ai un peu honte d'admettre qu'il m'a fallu des mois avant de comprendre qu'appuyer sur « P » mettait sur pause ; certains proches ont failli démolir la porte d'entrée quand je refusais d'interrompre une partie pour aller leur ouvrir. Je reconnais aussi avoir saboté toutes les promos. Refus de donner des interviews à tels magazines, telles télés, telles radios qui n'avaient rien à voir avec la littérature ; refus de me rendre aux signatures où on ne m'aurait encore tendu que des *Superstars*. Sans Sam retourné à sa vie, il était impensable de se farcir toutes ces conneries. Tout ce que je voulais maintenant c'était qu'on me foute la paix, qu'on m'oublie, et j'y suis parvenue. Un soir, chez Castel, mon attachée de presse qui n'avait pas encore commencé à boire ne s'est pas souvenue de mon prénom.

Une dernière chose. Les lettres de fans.
« J'ai tué un chat hier. Pour le plaisir de le serrer tout raide comme toi dans *Poussières d'anges*. Bientôt c'est toi que je serrerai » (photo jointe de deux tombes creusées dans la terre, l'une petite avec une boîte à chaussures fermée, l'autre de taille plus grande et vide).
« Nécrophile sadique et droguée, achève-moi au lance-flammes » (dessin joint – réussi d'ailleurs – d'une caricature de moi en train de massacrer une fille avec un lance-flammes. Bonus : je porte un gode ceinture à lame étincelante semblable à celui du meurtre de la luxure dans *Seven*).
« Ta mère a accouché d'une hydrocéphale hermaphrodite hybride (toi) venue au monde pour répandre la nouvelle maladie de la société moderne (la Dépression) par le biais d'images subliminales afin de transformer la jeunesse en futurs *mass murderers* errant tels des poulets décapités. »

Parfois, ça me démangeait d'acheter une page de pub pour répondre : je m'en cogne de vos fantasmes immatures d'anorexiques scarifiés obsédés par Morrissey. Je bois du thé vert et j'écoute l'*Adagio for Strings* de Samuel Barber. Mon film préféré n'est ni *Drugstore Cowboy* ni *Tueurs nés*. Mon film préféré est *Out of Africa* et je vous emmerde. Mais chaque fois mon entourage me convainquait que la démarche soulèverait des questions sur ma santé mentale, prenant sur lui de ne pas ajouter que je n'étais pas assez connue pour que cela ait le moindre sens.

Je dois avoir dix ans sur ce Polaroïd, et trente ans plus tard il n'y a eu que six livres, reflets pitoyables du peu de chemin parcouru intérieurement. Le plus ahurissant ? *Superstars* ne s'est pas du tout vendu à cent mille exemplaires comme on l'a supposé. Certes, en ajoutant les traductions, les droits Sacem d'Indochine et les droits audiovisuels d'un long métrage qui n'a toujours pas vu le jour, j'ai empoché plus d'un million de francs, somme presque renouvelée avec l'à-valoir en cours. Mais de tout cela, constat encore plus édifiant, il ne reste rien. Un écran plasma, quelques gadgets informatiques, une cuisine sur mesure, une collection de baskets et un reçu de don pour les victimes du tsunami. Si on laisse de côté la rencontre avec Tetsuya, il n'y a pas grand-chose à garder depuis *Superstars*. Et au début de cette nouvelle année, le peu qui tenait encore debout a achevé de s'écrouler.

II

Mon père est une nuisance, et je ne dis pas ça seulement parce que ses envies d'aller se dégourdir les jambes libèrent chaque fois quatre cents kilos de dioxyde de carbone dans l'atmosphère. Tom Cruise se contente du Gulfstream IV, mon père possède le V. Il est certes moins rapide que les Falcon ou les Global Express des mecs du CAC 40, mais c'est le jet à la plus grande autonomie : douze mille cinq cents kilomètres avant de refaire le plein. Il est surtout équipé d'un EVS (système de vision améliorée) qui permet de se poser par presque n'importe quel temps. Je le sais parce que je l'ai lu dans *Les Échos* chez le dentiste. Je ne me suis pas tapé les cinq pages de l'article parce que celui-ci parlait du départ de mon père à la retraite, c'était ça ou relire un millier de fois le taux de calcium/magnésium/etc. sur l'étiquette de la mini bouteille d'eau minérale que j'avais dans la main. Mon père n'est pas du tout pilote, cela dit. Il se moque aussi d'éviter le passage en douane, l'attente en salle d'embarquement ou les embouteillages pour regagner les centres-villes. Mon père voulait pouvoir continuer à fumer. Ce n'est cependant pas un abruti définitif, il n'a pas besoin d'un A380 de cinq cents mètres carrés avec jacuzzi ; pour ça, il faut avoir quinze femmes et quarante gosses. Mon père n'a qu'une seule femme et qu'un seul gosse, en ce qui le concerne : son nouveau fils.

Mais ce n'était pas pour cette raison que je pensais à lui, arrêtée devant le Flore, en attendant que le chauffeur me rende la monnaie. Je songeais à mon portable éteint, à un possible message de Shannon que je n'écouterais pas avant d'être rentrée, et si on avait pu avoir le jet pour le Maroc, le retour aurait été moins déchirant. Installées côte à côte on aurait pu se parler, alors que séparées par trois rangées je ne pouvais qu'entrevoir son appuie-tête. Shannon en larmes derrière ses lunettes de soleil, Shannon blessée et humiliée, voilà à quoi je songeais en ouvrant la portière.

Le rez-de-chaussée du Flore était désert, en dehors de Stella attablée dans le fond. Marie devait se trouver aux toilettes car un manteau occupait le dossier de la chaise d'en face. Je suis restée sur le seuil à regarder Stella feuilleter un journal. Elle avait le teint lumineux et les traits reposés de quelqu'un qui vient de dormir douze heures. Les gens dont la vie a un sens savent reconnaître que leur réveillon s'est résumé à relire une sœur Brontë avec une soupe avant d'éteindre à minuit dix. Stella doit être la seule personne en ville capable de supporter non pas une attardée au petit déjeuner, mais deux. Marie et moi sommes toujours en train de refaire un lacet ou d'écouter trente messages d'affilée sur nos portables auxquels on ne répond jamais, puis une fois qu'on relève les yeux sur le serveur, l'une ou l'autre lance immanquablement : « Apportez-nous tout ce dont vous pensez que nous pourrions avoir envie. » Il reste alors planté là quelques secondes de trop, mais Marie et moi ne nous en occupons déjà plus, habituées à cette phrase surgie de nulle part il y a vingt-cinq ans. Lorsqu'on le voit ressortir des cuisines avec un plateau chargé d'œufs au plat, d'œufs au jambon, de viennoiseries et de tartines dont les assiettes tiennent en équilibre sur les tasses et les verres de jus d'orange, on tente de masquer notre inquiétude car l'une et l'autre sommes incapables de manger tout cela, cette phrase absurde ne nous échappe que par incapacité à prendre des décisions. Marie réclame alors dans un imperceptible murmure un gin tonic, tandis que je prétexte avoir besoin de me rendre aux toilettes où, penchée sur le lavabo, je me savonne les mains aussi lentement que possible, me demandant le temps qu'il faudra à Stella pour avaler sa part et à Marie pour oser demander qu'on desserve le reste. En me regardant ensuite redescendre dans le miroir de l'escalier, je me trouve toujours pitoyable de réfléchir à quel genre de faux réveillon inventer pour les filles.

Cette fois je n'ai pas eu à me poser la question, je suis tout simplement repartie. Ne pas raconter que je venais de quitter Shannon n'était pas frustrant. Stella a toujours trouvé cette histoire ridicule, quant à Marie, tomber amoureuse est un concept dont elle reconnaît volontiers l'existence, comme on constate qu'il y a bien eu des créatures très incongrues en se promenant dans les allées de la Grande Galerie de l'Évolution, mais de là à en saisir le fondement... Marie ne tombe jamais amoureuse, les gens sont à ses pieds avant de lui en laisser le temps. On la couvre de fleurs, de robes, de bijoux qu'elle distribue ou renvoie si leur prix est trop indécent, et au mieux elle s'abandonne un jour ou deux dans la pénombre d'une chambre d'hôtel, puis au matin du troisième elle s'éclipse. Sur Stella aussi on se retourne, mais chez Marie c'est autre chose. Marie est comme ces félins trop racés qu'on voudrait capturer, et si quelque chose brise le cœur de Marie, ce n'est rien d'autre que sa beauté trop stupéfiante; cet éclat trop violent et bien trop désinvolte, cette animalité trop enivrante qui effraie autant qu'elle aimante, et cette curieuse fêlure qu'on perçoit sans comprendre quand on ne la connaît pas, car quoi qu'elle fasse, Marie est toujours seule.

Le jour achevait de se lever mais le ciel restait gris, et tandis que je coupais à travers les ruelles désertes du VIe, je me demandais quel pourcentage de gens, dans le monde, sont atteints de phobies qui paralysent leur quotidien. Dans les supermarchés, combien abandonnent leur Caddie pour sortir respirer? Dans les cages d'escaliers de secours, je n'ai jamais croisé personne en train de grimper à pied. Ma dentiste a la phobie des chewing-gums, elle s'évanouirait si ses doigts en touchaient un sous un accoudoir, elle fait régulièrement changer les fauteuils de sa salle d'attente sans même regarder en dessous. Mon acupuncteur a la hantise des insectes rampants, à chaque retour de vacances il laisse sa valise ouverte sur son balcon pendant une semaine avant de la défaire. Je connais une fille chez qui voir de la mayonnaise suinter des bords d'un sandwich provoque des urticaires géantes, mais aucune de ces personnes ne s'empêche de vivre normalement. Je revenais du Maroc, j'avais repris l'avion pour la première fois depuis quinze ans, les choses rentraient-elles enfin dans l'ordre ou est-ce que cela n'avait été qu'une parenthèse ?

Je n'ai pas revu l'océan depuis quinze ans. Je n'ai pas plongé d'un bateau, pas marché dans l'écume, pas senti la brûlure du sable trop chaud sous la plante des pieds nus. Je pourrais ressortir des vieilles photos et constater qu'à la naissance, sur une table à langer, j'avais l'air comme tout le monde, hilare et insouciante. Je pourrais entrer dans n'importe quel Sephora, respirer l'odeur d'un tube de crème solaire et me rappeler qu'avant, rester assise dans un avion pendant une dizaine d'heures m'était indifférent. Il faut un choc, une découverte pour déverrouiller les mécanismes et enrayer les évitements. Je ne sais même pas quelles sont mes plus grandes peurs. Marie, ce sont les singes qui imitent trop bien l'homme, et les nains, une histoire de visage à hauteur d'entrejambe. Stella n'a aucune peur, je crois. Elle n'a pas non plus de manques ni de dépendances. Ce qu'elle vit, elle l'a choisi, et ce qu'elle a, elle en profite. Marie aussi sait tirer le meilleur de chaque instant, mais Marie manque de tout. D'une ampoule de rechange, d'une heure de plus pour s'habiller, de quelqu'un qui sache la retenir. Moi je ne manque de rien mais tout est devenu source d'appréhension.

Rue de Buci où j'espérais trouver une boulangerie ouverte, les rideaux de fer étaient baissés et il n'y avait qu'une brune en train de crier dans son portable. Elle jurait qu'elle venait de se réveiller alors que ça se voyait qu'elle ne s'était pas encore couchée. Sa voix résonnait dans tout le quartier pendant que je continuais en direction des quais, et je pensais à l'excuse bidon de Shannon pour ne plus venir au Maroc. Je ne lui en avais même pas voulu d'annuler une fois que je me trouvais déjà à Orly. J'avais appelé Stella qui m'avait suppliée de l'écouter, d'admettre que c'était l'occasion de dépasser mes phobies. Dans la salle d'embarquement, une petite fille qui triturait un pendentif en forme de signe astrologique demandait à sa mère où vont les pigeons la nuit, et je songeais que dans les aéroports on est en transition, pas encore parti et pourtant déjà plus là. J'hésitais, quand un texto d'une fille que j'étais certaine de ne pas connaître s'était affiché : « Gode tombé par la fenêtre en secouant ma couette, atterri dans la cour de ma gardienne, n'ose pas le réclamer, possible d'aller de ta part chez Dollhouse et d'obtenir une réduction ? » Il m'avait alors semblé que mourir d'une attaque de panique à onze mille mètres au-dessus du sol ne serait pas plus absurde que de recevoir des textos d'inconnues persuadées que j'ai mes entrées dans les *sex-shops* lesbiens.

Un vieux 737-400 de la Royal Air Maroc, entourée de cent quatre-vingts personnes, en classe Éco parce que Shannon s'y était prise trop tard, à l'arrière où ça secoue le plus et en plein milieu de la rangée centrale. J'avais beau me concentrer sur l'écran en hauteur – ce truc nouveau pour moi sur lequel des hôtesses se succèdent dans toutes les langues avant de céder la place aux cartes des endroits successifs qu'on va survoler –, quelque chose n'allait pas. L'avion semblait contenir trois fois plus de passagers qu'avant, trois fois plus de sièges collés les uns aux autres, trois fois plus de rangées, et presque plus aucun espace dans les allées. Je n'avais pas eu besoin de tâter la poche de ma veste pour revoir la table basse du salon et mon iPod resté dessus. Sans les demi-Xanax gobés toutes les demi-heures, sans cette plaquette gardée à la main tout du long, dans ma main si crispée qu'on aurait dit que j'avais tenté d'en faire une sculpture torturée de voiture concassée, l'histoire aurait peut-être été la même que quinze ans plus tôt : à un moment ou à un autre je me serais levée pour tenter d'ouvrir la porte, et deux hôtesses auraient dû me ceinturer afin de calmer le reste des passagers.

Marrakech-Menara, 1 heure du matin, passablement défoncée, et le tampon resté suspendu de longues secondes avant de s'abattre sur le passeport. Les néons blafards du hall désert aux boutiques toutes fermées. Le type en djellaba avec le nom de Shannon sur un morceau de carton. Sa main s'était emparée de mon sac et brusquement je n'avais plus été rattachée à rien. Dehors, dans la nuit moite, les yeux des hommes étaient bien trop profonds, et leurs doigts bien trop délicats, n'importe lequel aurait pu me trancher la gorge en souriant et je n'aurais même pas su quoi invoquer pour qu'on me laisse la vie. La Jeep n'avait ni toit ni portières, je m'agrippais au siège pour ne pas me faire éjecter. Les carrefours des grands axes étaient éclairés d'un halo orangé, bas, trouble, le reste dans le noir. Quand on avait enfin pilé dans un parking, je ne sentais plus mes jambes en redescendant. J'essayais de marcher droit dans le labyrinthe de ruelles. Je m'étais cogné l'épaule dans la lourde porte de bois qui s'était à peine entrouverte pour qu'on se faufile. Une succession de couloirs à angles brusques, un escalier étroit aux marches trop espacées mais aux murs trop blancs pour oser prendre appui. Une autre porte boisée et la chambre était immense, d'une hauteur de plafond démesurée, plongée dans la pénombre des portes-fenêtres ouvertes sur la nuit. Le type avait déposé mon sac à mes pieds et je m'étais retrouvée seule.

Depuis la terrasse, on devinait de la verdure au rez-de-chaussée autour d'un plan d'eau miroitant à la clarté de la lune. L'air frais était chargé de chèvrefeuille et de jasmin, et au-delà des toits voisins, on distinguait le dôme d'une mosquée baigné d'une lumière dorée. Accoudée là dans le silence, j'avais admis que la peur d'avoir peur est plus forte que la peur elle-même. Une heure plus tard, réveillée en sursaut par la prière qui sortait d'un haut-parleur, par cette voix si puissante qu'elle semblait provenir de la pièce, j'avais revu le deuxième avion percuter la deuxième tour ; j'avais revu le nuage de poussière se soulever puis envahir l'écran, masquant aux trois quarts les silhouettes qui couraient, qui trébuchaient, qui tombaient, et je m'étais demandé combien, comme moi, revoient bêtement ces images-là lorsqu'ils se trouvent dans un pays où les hommes sont barbus. Je ne sais plus à quoi je pensais d'autre, cette nuit-là, en attendant de me rendormir, mais cette semaine semble désormais si irréelle. Quelqu'un qui ressort des cinémas avant le générique de fin, qui n'est pas descendu dans le métro depuis quinze ans, qui a renoncé aux Puces et à Beaubourg et à tout ce qui rassemble plus de dix personnes – quelqu'un d'atteint à ce point, brusquement catapulté dans des rues bondées où les gens marchent directement sur la chaussée entre les ânes, les carrioles, les voitures, les vélos et les mobylettes qui tracent pleins gaz. Des rues remplies de gamins qui vous arrêtent tous les deux mètres pour vous vendre quelque chose, des gosses la morve au nez qui vous refilent des bonbons collants déjà sucés, et toute la nourriture dans les échoppes est luisante d'huile, et l'odeur de cette huile est si puissante qu'elle domine presque celles des sacs d'épices, des étalages de viande, des flaques d'essence, des fientes de pigeons et des tas de crottin qui empestent au soleil. Mais alors que je me frayais quotidiennement un chemin au milieu de tout cela, je ne me maudissais pas d'être montée dans l'avion, je me détestais d'être ce que je suis.

On a tous des catégories de gens auxquels on a envie de cogner la tête avec une grosse pierre. Moi ce sont les pédés de la mode. J'avais oublié que deux amis de Shannon étaient déjà sur place. Ils prenaient leur petit déjeuner quand j'étais descendue le premier matin. Attablés devant des éventails de pancakes et de beignets, ils ne m'avaient même pas saluée. J'étais restée à l'écart un moment à contempler l'eau turquoise du bassin, l'enchevêtrement de végétation qui l'entourait, les cascades de roses qui dégoulinaient des murs. Les pédés de la mode. Les pédés attachés de presse de couturiers. Les pédés accros aux injections d'acide hyaluronique et aux poires à lavement. Ceux-là, pour les intéresser, quand on est une fille et qu'on n'est pas en pleine promo, il faut avoir été photographiée en train de se mettre minable avec Kate Moss ou connaître quelqu'un qui connaît Ambrose qui a fait la pub Dermo System. Je les avais écoutés se plaindre de la cuisinière qui sucrait trop le thé à la menthe, de l'intendant qui ne chauffait pas assez l'eau du hammam ; je les avais écoutés baver sur Marc Jacobs qui se serait fait tatouer Bob l'Éponge, sur Kris Van Assche dont tout le monde se moquerait depuis qu'une journaliste l'avait entendu dire trop fort à une terrasse que l'ambiance chez Dior Homme était « atroce » – et j'avais fini par demander : « C'était pas Dado Ruspoli qui disait que les marques ne servent qu'à donner une image à ceux qui n'en ont pas ? » Et de la même manière que les mouches nous tournent autour tant qu'on les tolère puis retrouvent la sortie dès qu'elles voient le torchon et sentent qu'on va leur faire la peau, les deux s'étaient levés pour aller prendre leur douche.

Shannon savait que ça ne durerait pas. Elle le sentait au regard que je portais sur sa bande, en silence. Personne n'interdit d'être à la fois mannequin et artiste, et ces filles étaient toutes plus magnétiques les unes que les autres, et plus encore quand elles s'en foutaient – un peu trop grandes, un peu trop maigres, bataillon de fleurs des champs pas encore incarnées –, mais de près il n'y avait rien à voir. Qu'elles soient vidéastes ou peintres, leurs références n'étaient rien de plus que des collections de clichés sans réelle démarche personnelle. Sur la page MySpace de Shannon, qui est chanteuse, il est écrit qu'elle aime Dostoïevski et Johnny Cash, les elfes et le néopaganisme, les maisons victoriennes et les plaines de l'Irlande, et d'une certaine manière elle est sincère, sa villa de Malibu n'est pas coincée entre celles de Pierce Brosnan et de Mel Gibson, et son domicile londonien ne se trouve pas non plus sur St. John's Wood. Mais malgré ces différences, ce micmac californien-New Age-néogothique ne suffit pas à la faire ressembler à autre chose qu'à une Américaine. Ce qu'elle a pour elle, c'est son charisme, sa présence physique au-delà de son apparence ; ce qu'elle déclenche dès l'instant où elle se retrouve devant un objectif ou qu'elle entre dans une pièce.

Mais ce n'était pas pour ça que je m'étais retournée sur elle, dans la porte tambour du Four Seasons, alors que je sortais et qu'elle s'était engouffrée derrière moi. Ce n'était pas parce qu'elle ressemblait à Shannon Simmons, ni parce que c'était Shannon Simmons. Ce n'était pas non plus parce que sous son blouson en cuir elle portait un tee-shirt jaune des Ramones que je n'avais encore jamais vu. Si je m'étais retournée au point de rater la sortie et de refaire un tour complet avec elle, c'était parce que des écouteurs de son iPod s'échappait *Hotel California* et que je ne sais pas dire non à ce morceau. Je n'en revenais pas de sa suite momifiée de copies Louis XVI à la moquette jonchée de CD de Leadbelly, de partitions et d'une Jumbo douze cordes de 1920. Important, ça l'avait été toute cette semaine-là, alors qu'on était restées cloîtrées à s'attraper contre les murs. Cela avait continué de l'être les quinze jours suivants, tandis que partie travailler en Italie, elle me bombardait de textos tellement parfaits que j'étais tentée de vérifier sur Google si elle recopiait des vers ou des paroles. À son retour, le trouble n'avait fait que s'amplifier même si la bande commençait à s'imposer aux dîners. Et puis un matin, alors que j'étais allongée dans le lit à l'écouter reprendre *Chelsea Hotel* de Leonard Cohen, de manière tout à fait convenable mais sans émotion renversante, j'avais visualisé un énorme gâteau couvert de crème et j'avais compris que parfois, aveuglé par notre propre séduction, on enrobe une simple attirance d'une grosse couche de chantilly pour la rendre plus consistante.

Enfant, à Noël, avec ma mère, on avait un truc infaillible pour donner des sueurs froides à mon arrière-grand-mère. On ne lui offrait chaque fois qu'un flacon de Mitsouko mais on se débrouillait pour en faire un paquet énorme, un carton de près d'un mètre qu'on emballait de papiers cadeau dépareillés, et le soir du 24, quand la vingtaine de membres de la famille se trouvait réunie dans le salon autour de l'immense sapin, chacun faisait semblant de se demander pour qui était ce paquet et ce qu'il contenait. C'était toujours le dernier à rester sous le sapin, et quand j'allais enfin le soulever pour venir le déposer aux pieds de mon arrière-grand-mère, celle-ci, qui était une vieille comtesse russe très digne, avait les yeux qui se révulsaient d'effroi, affreusement gênée de devenir le centre de l'attention. Cette plaisanterie absurde a duré jusqu'à sa mort, quand j'ai eu dix-sept ans ; et si par la suite tous les autres ont suivi, si chaque année on retirait une chaise ou deux et que les grands banquets se sont transformés en petits comités à un seul bout de la longue table, pour ensuite se réduire à de simples tête-à-tête avec moi-même, jamais encore je n'avais passé un Noël sans le fêter.

Se retrouver seule, le 24 décembre, secouée de frissons dans la nuit marocaine qui ne renvoie rien de familier, est comme écouter ce morceau terrible de Damien Rice sur la BO de *Closer*. C'est avoir le sentiment que tout ce qu'on fait n'est que gâchis, et c'est remonter à d'autres gâchis plus anciens. C'est mesurer ce qu'on a perdu, ce dont on n'a pas profité, ce qui était donné au commencement et qu'on a bousillé. C'est regretter les histoires qu'on n'a pas écoutées, les gens qu'on n'a pas assez aimés. C'est revoir les noms dans l'allée d'un cimetière, une arrière-grand-mère malade de honte d'avoir un cancer du rectum, un grand-père qui s'étouffe d'un cancer de la gorge, une grand-mère Alzheimer qui erre sur le boulevard en chemise de nuit. C'est ne pas comprendre pourquoi les parents ont divorcé au bout d'un an, et c'est revoir la vieille dame qui les a remplacés, Yelizaveta – Liev –, cette cousine de l'arrière-grand-mère qui n'avait ni son titre ni son argent, que la famille traitait comme une domestique, et que la vie a au moins remerciée en la laissant s'éteindre dans son sommeil. C'est revoir ses yeux pâles, les yeux bleus des personnes âgées sont toujours délavés comme si des siècles de larmes en avaient noyé toute la mélanine, et c'est s'étrangler de sanglots qu'elle soit partie avant que j'aie été en âge de lui dire merci.

Il n'y a pas de taxis les 1er janvier, et à 8 heures et quelques, sur les quais, hormis de rares voitures et le bruit des pneus qui glissent sur la chaussée mouillée, il n'y a ni passants ni touristes auxquels emprunter un portable. À Marrakech aussi je n'avais fait que marcher, pas une fois je n'étais entrée quelque part. Je sortais le matin, j'allais au bout de la grand-rue puis je revenais. Je me mêlais à la foule sur les trottoirs et je regardais passer les carrioles débordantes de fraises et de pommes de terre. J'apprenais à aimer cette longue rue bruyante, sèche, brûlée, et aussi le retour dans le labyrinthe enfermé de la médina ; le passage du soleil aveuglant à la profondeur de l'ombre, de la tiédeur à la brusque fraîcheur. L'après-midi, je restais sur la terrasse à boire du thé et à lire l'intégrale des *Rois maudits* trouvée dans un salon. Shannon n'était pas venue pour créer le manque, et elle avait eu raison, dans la langueur et la paresse de ces après-midi-là elle me manquait. En dessous, au rez-de-chaussée, j'entendais les deux autres chantonner *Pull marine* ou *Tombé pour la France*. Je n'avais pas besoin de me pencher sur la rambarde pour savoir qu'ils faisaient semblant de défiler autour du bassin enturbannés de pashminas en roulant du cul. Je préférais me rappeler les photos de ma tante avec Saint Laurent, Ruspoli, Menotti, étendus sur la terrasse d'un autre riad, parés de leurs sarouels rapportés de Madras, de leurs colliers rapportés de Bali, de leurs sandales rapportées de Capri, écoutant la Callas en parlant de leurs voyages, de leurs amours, de Malaparte et de Balthus.

En fin de journée, je montais m'allonger sur le toit où s'étalait une immense banquette. De là, au loin, on distinguait la chaîne de l'Atlas et ses cimes enneigées dans le couchant cramoisi, tandis qu'autour, quand on se mettait debout sur la banquette, on se prenait dans la gueule la misère des terrasses voisines, les lavabos fendus, le linge sur des cordes tendues entre des portes de bois dégondées et des clous rouillés fichés dans les murs. On voyait des paraboles à perte de vue et des haut-parleurs de la mosquée suspendus partout. Le dernier soir, je l'ai longuement fixé, ce dôme doré qui se détachait comme un joyau sur le ciel bleu marine. On entendait des pulsations lointaines de tamtams, et étendue là sous la voûte étoilée, enroulée d'un plaid dans la fraîcheur de la nuit, j'écoutais les autres jouer aux cartes au rez-de-chaussée. Shannon avait débarqué l'avant-dernier jour, avec Lisa, sa meilleure amie galeriste. Lisa est tout ce que je ne comprends pas. Lesbienne qui parle, pense et drague comme un homme, mais comme on nage maintenant en pleine androgynie, avec du goût et un salaire élevé, la couture peut transformer n'importe quel cliché archaïque en petit page raffiné. Le dernier jour, pendant que Shannon visitait les souks avec les garçons, je lisais sur la terrasse quand elle était apparue en peignoir. Elle avait dit que le béton lavé des murs de sa salle de bains était lisse comme la peau. Elle était nue sous le peignoir qu'elle avait laissé tomber, et le jet d'urine était précis, exactement entre mes pieds. Je n'avais même pas sursauté dans le transat, j'avais regardé ailleurs en attendant qu'elle termine, puis j'avais simplement dit qu'il n'était pas question que la femme de chambre nettoie à sa place. J'étais restée assise là, mais la voir éponger à quatre pattes avec les pans du peignoir n'avait rien eu de jouissif. Ce qu'elle venait de tenter signifiait qu'elle était amoureuse de Shannon et devait souffrir depuis un certain temps.

Au dîner, pour se venger, elle avait lancé que pour sa part elle ne ferait jamais confiance à une bisexuelle. Shannon avait haussé les épaules et j'avais répondu que je ne sais pas ce que ça veut dire, être bisexuelle, que ce n'est pas moi qui me définis comme ça, ce sont les autres. Les garçons avaient levé les yeux au ciel, et je n'avais pas continué. Je n'avais pas dit que les mots ne servent qu'à circonscrire un concept, que les formuler est déjà réducteur et que la sexualité est une affaire de circonstances avec tout ce que ça comporte de refuges intimes et de blocages. Lisa avait ajouté qu'elle, au moins, est l'incarnation de son époque parce que la femme telle qu'on la connaissait avant est devenue obsolète. Là aussi, je m'étais retenue de répondre que porter des fringues pour homme avec des cheveux longs et quelques bagues ne suffit pas à compenser l'absence de féminité dans la posture ou la gestuelle. Visiblement elle ne mélangeait le masculin avec le féminin que par difficulté à incarner son propre sexe, et si se construire en créatures hybrides est peut-être un signe de modernité, je ne vois pas pourquoi, pour plaire à son propre sexe, il faudrait se rapprocher du sexe opposé.

Plus tard, assise au bord du lit, Shannon avait juste dit : tu n'as pas envie de continuer. Je l'avais serrée toute la nuit pendant que tournée vers le mur, sans bruit, elle pleurait. Je lui avais été reconnaissante de ne pas dresser la liste de tout ce qu'on ne ferait pas ; se repasser l'histoire ne sert qu'à accepter qu'on s'est trompé, qu'on s'est accroché à quelque chose qui n'existait pas, ou du moins dont la base était ailleurs que là où on la situait. Pendant le vol du retour, j'étais coincée entre les garçons qui pensaient que c'était Shannon qui m'avait quittée : « Mais tu vas trouver quelqu'un d'autre. Shannon, c'était pas une fille pour toi, elle a besoin de quelqu'un qui ait la culture et l'intelligence pour saisir la richesse de son univers. » J'avais essayé de changer de place avec Lisa assise à côté d'elle, mais Lisa avait trouvé drôle de rappeler qu'en cas d'accident on identifie les corps en fonction des numéros des sièges sur les billets. À la douane on n'était déjà plus dans la même file. Les voix des garçons dominaient le brouhaha, ils dressaient la liste des tenues entre lesquelles ils hésitaient pour le réveillon auquel ils se rendaient tous, pendant qu'un doigt vissé dans l'oreille, j'écoutais un message de mon coiffeur racontant que son père s'était pendu le soir de Noël. Un père suicidaire qu'ils sauvaient tout le temps de justesse, et pour une fois, sans savoir pourquoi, ni lui ni sa sœur ni sa mère ne l'avaient suivi quand il était sorti de table pour descendre au garage. Je m'étais demandé ce que ça me ferait si ma belle-mère appelait pour dire que mon père venait de mourir. Pas rien, évidemment, mais quoi *exactement* ? Dans la queue des taxis, j'étais devant, mais au moment d'ouvrir la portière, Lisa m'avait poussée d'un coup de hanche et j'avais failli glisser sous la pluie. En regardant la voiture s'éloigner avec elle et Shannon dont je n'avais pas croisé le regard une seule fois, j'avais enfin crié : bonne année, Lisa, je te souhaite l'effondrement de tes placements boursiers, une chlamydiose tenace et un dégât des eaux au-dessus de ton Tracey Emin.

On s'éponge le visage dans la lumière rasante d'un coucher de soleil pourpre, on a encore un goût d'oranges saupoudrées de cannelle, et quelques heures plus tard on se retrouve accroupie sous une pluie battante à ressortir un manteau d'un sac. Dans le taxi, la radio passait *Pop Life*, et de loin, très loin, remontait l'été de mes dix-sept ans, à Londres, quelques semaines avant l'incident à l'étage du bus. Dans le squat de Ian, mon petit ami de l'époque, on n'avait jamais de pièces pour le compteur d'électricité et on ne mangeait que des pommes de terre à l'eau, mais cet été-là, on avait trouvé un canapé fantastique sur un trottoir. Un trois places en vinyle rouge sang qu'on avait eu un mal fou à traîner à deux jusqu'à la maison. On était assis à reprendre notre souffle avant de le rentrer, affalés là en plein soleil à essuyer la sueur sur nos fronts, et sur le trottoir d'en face, d'une voiture aux portières ouvertes qu'un type lessivait avec une éponge s'échappait ce nouveau morceau de Prince. Ian avait les cheveux roses avec un taille basse en cuir et un tee-shirt déchiré de Bowie, moi j'avais les cheveux platine avec un vieux jean troué et un tee-shirt du *Rocky Horror Picture Show*. On répétait les paroles au fur et à mesure qu'on les mémorisait, et en rentrant on les avait bombées sur le mur de la cuisine. Ian est mort, tombé du dix-septième étage. Il s'est défenestré sous acide, et vingt-trois ans plus tard j'écoutais ce morceau seule, dans la nuit, à l'arrière d'un taxi aux vitres dégoulinantes de pluie, engoncée dans un manteau fait sur mesure auquel il ne manque même pas un bouton.

En bas de chez moi, hier soir, seulement hier soir alors que cela paraît déjà si lointain, les essuie-glaces battaient le pare-brise pendant que je séparais les pièces françaises des autres dans ma main, et en introduisant la clé dans la serrure j'avais fini par fondre en larmes. Je ne crois qu'au coup de foudre, je refuse de faire la même chose qu'un tas de gens que je connais : essayer quelqu'un.

III

Mon père est une nuisance, donc, et pas seulement parce qu'il n'a jamais entendu parler des poubelles jaunes ou des ampoules à basse consommation. Il n'a pas non plus la moindre idée de ce que veut dire voiture hybride ou éco-habitat. Mon père a passé la majeure partie de sa vie dans une banque d'affaires, à Londres, où il vit dans un hôtel particulier de Covent Garden qui abrite sa collection d'art moderne et contemporain, et quand il n'est pas en train de faire une fixation sur un grain de poussière, il est assis tout seul dans son Gulfstream pour se rendre à la foire de Bâle ou à la biennale de Venise. Il passe moins de trois semaines par an dans son six pièces de l'avenue Henri-Martin où une femme de ménage fait les carreaux un jour sur deux, et il sera là ce soir pour fêter son soixante-cinquième anniversaire.

Dans quelques heures, je me retrouverais assise entre deux femmes d'associés de la LGT ou de la Stanhope qui connaîtraient par cœur la page 164 de l'édition brochée de *Superstars*. Mais ce n'était pas pour ça que je pensais à mon père, debout dans mon entrée, pendant que j'interrogeais la messagerie de mon portable mis à charger avant même de retirer mon manteau et mes boots. Ce n'était pas non plus parce que ma belle-mère avait laissé un message disant que si je n'avais pas de cadeau, inutile d'apporter une orchidée comme chaque année car ils ne resteraient pas assez longtemps pour en profiter : « Tu comprends, bien sûr on pourrait la prendre dans l'avion, mais les orchidées ont *horreur* de voyager » – ce qui m'a fait suspendre mes gestes parce que pour la première fois il m'a semblé que ma belle-mère disait quelque chose de sincère. Si je pensais à mon père, en débranchant le chargeur pour aller le rebrancher dans le salon où je me suis laissée tomber dans le canapé, c'était parce qu'une phrase me revenait. Je ne savais plus quand, ni où, ni pourquoi il avait dit une chose pareille, mais il avait dit : « Tes bras sont magnifiques », et maintenant je me demandais pourquoi je ne m'en étais pas rappelé à temps avant de me couvrir de tatouages.

En dehors de Stella qui s'impatientait au Flore, je n'avais aucun autre message. Allongée dans le canapé, je regardais la couche de poussière sur le verre de la table basse. J'essayais de me souvenir s'il restait des lingettes antistatiques dans la cuisine, et je voyais des contenus de Caddies de gens seuls dans un hypermarché, un steak haché avec une boîte de petits pois et une bouteille de côtes-du-rhône, peut-être un magazine de mots croisés ou de sudoku ; je voyais le contenu de mon propre Caddie toute cette dernière année, les packs d'eau minérale entassés par demi-douzaine et les bouteilles d'adoucissant vendues par cinq pour échapper à l'étiquette célibataire dans le regard de la caissière, alors que je ne l'étais pas. Je regardais la couette en boule, sous mes pieds, dans laquelle je m'étais enroulée cette nuit plutôt que d'aller me coucher dans mon lit. Je regardais le noir laqué des bords du plasma, le métal des stores devant les fenêtres, l'étendue du parquet jusqu'à l'entrée, au-delà de laquelle je pouvais distinguer l'amorce du couloir et la porte de la première pièce, celle dans laquelle je n'entre plus à cause du mastodonte de gym multifonction là pour me rappeler que mes actes ne sont jamais en accord avec mes promesses. Tout ce qui se trouve dans cet appartement représente *Superstars*, et *Superstars* ne représente plus qu'une nuit ou une autre, chez Castel, vautrée sur une banquette avec Beigbeder à regarder des mochetés de moins de vingt ans danser sur *One More Time*.

Je me suis relevée pour me rendre à la cuisine. Je n'avais pas voyagé avec Shannon, j'ai songé en ouvrant la porte du réfrigérateur, avant de la refermer en constatant qu'il était vide. On n'était allées nulle part, alors que j'avais cru qu'elle était celle qui me redonnerait envie de monter dans un avion. J'ai retiré ma chemise que j'ai déposée dans le panier de la salle de bains, puis j'ai longé le couloir jusqu'aux placards dont j'ai sorti un tee-shirt, un pull et une paire de baskets. Il n'y avait eu que le Lubéron pendant l'été, et je la revoyais, cette villa prêtée, tandis que j'enfilais le tee-shirt en revenant vers le salon où je me suis assise sur le canapé pour lacer les baskets. Des baies vitrées partout qui empêchaient la moindre intimité, de l'Armani Casa qu'il valait mieux ne pas tacher, les deux pénibles de Marrakech qui lisaient *Public* à voix haute, Lisa et trois filles qui se trémoussaient sur *From Disco To Disco* en boucle sur un MacBook, et Shannon, à l'écart, qui me dévisageait, semblant reconnaître qu'il lui fallait apprendre à dire non. Aucun ne savait faire revenir trois tomates avec de l'ail pour les pâtes, et tout ce que je parvenais à constater, c'était qu'ils ne méritaient pas d'avoir trente ans. Ils ne méritaient pas d'être encore si jeunes s'ils ne mesuraient pas leur chance d'avoir déjà des vies à ce point confortables. Je me répétais ça en feuilletant un *Vogue* pour compter le nombre de pages de pub – 345 sur 475 – et je considérais l'eau de la piscine en me demandant ce qu'ils feraient si elle virait au vert.

Je me suis redressée pour attraper mon ordinateur sur la table basse, et pendant qu'il s'allumait j'ai envoyé un texto à Bret pour lui demander de finir sa phrase. Il n'y avait pas non plus d'e-mail de Shannon. Quelques vœux de bonne année, et un type dont le nom ne me disait rien qui me souhaitait un bon anniversaire une semaine trop tôt, en demandant quel effet ça fait d'avoir quarante ans. J'ai soupiré en renfilant mon manteau. Année après année, je reste fascinée par la jeunesse que conserve mon apparence et la perception que les autres en ont. Pour eux, je suis toujours si naïve, si absente de la réalité des choses, qu'ils parlent devant moi comme on le ferait devant une petite fille qui n'écoute pas, absorbée par un dessin ésotérique qu'elle devine entre les motifs du papier peint. Ils parlent sans se méfier, et cet état de fait n'en finit pas de m'épater.

*
* *

À la chaussée de la Muette, les boulangeries étaient fermées et il n'y avait personne d'autre que deux ados en train de s'embrasser devant l'entrée du métro. Lui, en jean et veste avec la gorge à nu malgré le froid ; elle, un cou délié sous la fine écharpe enroulée trois fois, une peau élastique sans défaut et un teint clair comme une rivière. Je les regardais s'embrasser en même temps que je traversais le carrefour, et j'ai songé que c'était donc ça, la différence : plus tard on n'a plus *tout à fait* ce côté neuf. Le seul moyen de trouver des croissants était de continuer jusqu'aux brasseries du Trocadéro. Le ciel avait viré au blanc et la température avait chuté, mais qu'est-ce que j'avais de mieux à faire, une lessive des fringues du Maroc ? Être môme, c'est l'insolence, la lassitude suprême et la complicité avec le miroir, pas de décalage entre l'apparence qu'on a et celle qu'on croit encore avoir. À côté de ça, à quarante ans, on suce peut-être des pastilles antiballonnements et on nous diagnostique une ménopause précoce dont on ne parle à personne, mais au moins les parents ne gueulent plus vingt fois par jour que notre téléphonie fait chier.

Les brasseries du Trocadéro étaient ouvertes, mais les rares silhouettes derrière les vitres étaient attablées une par une. J'ai passé mon chemin pour continuer en direction de la place d'Iéna ; me retrouver seule au milieu d'autres gens seuls me donne le sentiment d'être assise dans une sorte d'antichambre du néant en attendant d'être emmenée au cœur de la terre où chacun va passer l'éternité face à lui-même. J'essayais de me souvenir des quarante ans de Marie et de Stella. Au dîner chez Marie, l'année dernière, j'émiettais des pétales de roses sur la nappe, pressée d'aller rejoindre Shannon que je venais de rencontrer ; à la fête organisée pour Stella, il y a quatre ans, une équipe du Samu avait envahi la cuisine pour embarquer quelqu'un qui s'était ouvert le crâne en tombant d'un tabouret, mais je ne me rappelle aucune des deux en train de commenter le chiffre lui-même. Tout ce que je sais, c'est que grelotter dans une église se reproduira de plus en plus souvent, à respirer des odeurs de cire et d'encens pendant qu'au premier rang, une ancienne copine de classe pleure sa mère ou son père emporté par un cancer. Et avec eux disparaît la partie de nous qu'ils connaissaient, et bientôt il ne restera plus que des nouvelles personnes qui ignoreront tout de ce qu'on a été.

Je longeais l'avenue Kléber et il n'y avait rien. Quelques voitures passaient et le glissement des pneus sur la chaussée encore humide s'amplifiait en se rapprochant. Une portière claquait, une porte d'immeuble s'ouvrait ou se refermait, mais c'était comme s'il n'y avait personne derrière. J'en avais traversé, pourtant, des quartiers dans le silence d'un matin de jour férié, mais dans ma tête se bousculaient toujours des bribes de phrases ou d'accords de guitare, et si une molécule ou une autre saturait les couleurs ou au contraire les estompait, si une poudre ou une autre précipitait le débit ou le paralysait, jamais je ne m'étais sentie vide. Je voyais Tetsuya écarter les bras dans un champ pour défier la force aveugle du vent, Liev éponger mon front avec un gant de toilette alors que j'avais la grippe, ma mère sur une photo accroupie à côté d'un âne à bascule sur lequel j'étais juchée – mais aucune de ces images ne suffisait à calmer l'attaque de panique qui montait et j'ai dû m'arrêter pour prendre appui contre un mur. L'année passée avec Shannon semblait se résumer à la forte odeur de cuir des banquettes arrière des berlines G7. Ces banquettes dont la profondeur absorbait tout, pendant qu'on glissait sans bruit dans les contre-allées embouteillées ou désertées ; de la fatigue aux silences de Shannon quand elle me sentait consternée, des silences sans rancœur ni embarras, des silences qui ne nous séparaient pas mais qui étaient tristes. Elle ne voyait pas toutes ces filles parce qu'elle en avait besoin, elle les voyait, je crois, par tendresse et par compassion pour leurs limites, les mêmes que les siennes. Je n'avais jamais demandé pourquoi elle ne venait pas chez moi, je savais que c'était sa façon d'éviter de trop s'investir, mais chaque fois que la porte de la suite se refermait sur nous et qu'elle attrapait mon visage à deux mains, je priais pour avoir la patience de rester jusqu'à ce que quelque chose change.

*
* *

Il y avait encore un peu de givre sur les boules de buis qui encadraient l'entrée du Raphael, et le Raphael n'est pas comme les autres cinq étoiles où trop de géraniums et de poignées dorées poussent à se regarder laper son thé comme si un photographe était planqué derrière la tapisserie. Le Raphael est aux autres palaces ce que Fitzgerald était à Hemingway ; l'étoile qui tremble émeut toujours plus que celle qui brille. Avant d'entrer, j'ai rappelé Stella, j'ai laissé un message disant que je me trouvais ici et j'ai laissé le même sur le portable éteint de Marie.

Peut-être que je me sens en sécurité dans les bars d'hôtels parce que plus jeune, on m'y laissait en me faisant comprendre que là je ne risquerais rien, que là je resterais en dehors des tractations et des coups bas. Ma mère expliquant à mes grands-parents qu'elle devait faire ce voyage et qu'ils devaient me prendre quelques mois. Ma mère expliquant à mon père que j'avais besoin d'une figure paternelle et qu'il devait me prendre quelques années. Mon père répondant qu'ils seraient déjà dix dans la villa, et que jeter le sac de ma belle-mère dans un égout était un acte hostile à son remariage. Aujourd'hui encore ils ne veulent pas croire que le sac n'était pas le sujet : j'avais besoin d'argent pour m'acheter des cigarettes, je pensais que faire disparaître le sac éviterait que ma belle-mère ne remarque le vol d'un billet de cent. Je n'avais pas prévu qu'éparpiller ses papiers et ses clés dans différents égouts lui compliquerait la vie. Elle avait vingt-quatre ans, le premier été. *Songs in the Key of Life* était le seul disque de la maison du Pilat, *I Wish* passait en boucle et les couples dansaient serrés sur la pelouse du jardin. Mon père avait la quarantaine, il était brun, bronzé et fou d'orgueil d'avoir raflé cette blonde sublime à Nicholson. Je les observais depuis la fenêtre de la chambre où on m'avait collée, je les regardais rire comme si rien n'avait d'importance, comme si rien d'autre ne comptait que l'odeur de pin et d'iode et la mer mousseuse au réveil. Je considérais ma future belle-mère avec ses grands yeux bleus, ses pommettes hautes et ses dents éclatantes de jeune Suédoise. Elle n'avait que dix ans de plus que moi, et pas la moindre idée de ce qui l'attendait.

Je dévorais enfin un croissant, et j'essayais d'imaginer Shannon se réveillant au Four Seasons, sans moi pour la première fois. Elle ne venait à Paris que deux ou trois fois par mois et pourtant j'avais l'impression d'avoir passé toute l'année dans cette suite. En période de collections, j'allais rarement la voir défiler – ça revenait à me retrouver coincée avec Lisa qui ne se lassait pas de répéter : « Dommage que tu ne sois pas traduite en anglais, ni Shannon ni personne n'a la moindre idée de ce que tu vaux » –, et une fois de retour à l'hôtel elle n'était jamais seule. La table basse était toujours encombrée de bouteilles de champagne et de billets de vingt roulés, de cendriers qui débordaient, d'iPod, de brosses à dents, de magazines ouverts aux pages des dernières campagnes des unes et des autres. Tout le monde était pieds nus à jacasser dans son portable, le *room service* semblait frapper tous les quarts d'heure et chacun se succédait pour prendre une douche sans jamais étendre les serviettes, s'incrustant là jour après jour comme si aucun d'entre eux n'avait d'appartement ou d'hôtel où rentrer.

Un soir où j'étais avachie entre les deux pénibles de Marrakech, celui de gauche expliquait qu'il dormait toujours sur le dos pour éviter la formation des rides, tandis que celui de droite avait l'haleine qui empestait les compléments alimentaires. Quelqu'un parlait de la grippe aviaire, de Polanski qui aurait raflé tous les stocks de Tamiflu maintenant périmés dans sa cave, et je détaillais les rayures mauve et crème des doubles rideaux, me demandant combien de clients d'hôtels se branlent n'importe où sans que ça se remarque. Quelqu'un parlait de l'anorexie d'Allegra Versace et du fait que sa mère l'a eue avec un ancien amant de son frère, et je regardais les pieds d'une fille en face de moi, la Polonaise de la pub Jil Sander, dont les ongles des orteils étaient rongés. Quelqu'un disait que si les ploucs à la campagne s'habillent toujours en survêtement, c'est parce qu'il n'y a personne pour les regarder à part leur chien – et leur femme aussi en survêt, avait ajouté Lisa qui essayait des nouvelles lunettes Jimmy Choo en se contemplant dans les verres miroirs de son voisin. Quelqu'un avait dit que dans le monde une personne meurt de faim toutes les cinquante-cinq secondes, et chacun s'était tu un instant, le temps de déchiffrer le nom du quotidien que le type feuilletait, puis le brouhaha avait repris. Quelqu'un avait dit : j'ai pas honte de le reconnaître, je me sens en sécurité dans mon manteau Dries Van Noten, ça me relie à des choses qui me rendent plus fort. Quelqu'un avait dit : tu saignes du nez, et je regardais un des téléphones qui vibrait sur la table, songeant qu'avant on était chez soi ou pas sans avoir à répondre à « t'es où ? ». Quelqu'un avait redit : tu saignes du nez, Ann, et j'avais passé le poignet de ma chemise sous mon nez, j'avais vu le rouge imbiber le blanc et je m'étais levée pour me rendre dans la salle de bains.

J'étais restée plantée devant la glace à examiner une goutte de sang qui perlait de ma narine, attendant de la voir tomber sur l'émail du lavabo, et j'avais revu quelques images qui subsistaient de la journée. Trois ou quatre défilés dont l'un attendu comme le bal du siècle, mais qui n'avait été guère plus qu'une resucée de *Barry Lyndon* dans une fausse décadence irrespirable. Les uns outrés que Kate Moss n'ait pas défilé alors qu'elle *devait*, les autres à parler plus fort parce que Charlize Theron passait à proximité. Tout le monde surexcité d'aller voir un *showcase* de Courtney Love chez Givenchy, alors que tout ce qu'il y avait eu à voir, c'est qu'elle a probablement le même chirurgien que Madonna tant maintenant elles se ressemblent. De retour à l'hôtel, pendant que Lisa demandait à la ronde qu'on l'aide à choisir entre sa Tank et sa Cap Code pour ressortir dîner, j'avais regardé Shannon danser pour moi sur *Les Amants* des Rita. Cinq minutes d'une grâce bouleversante dans un vieux tee-shirt blanc et un vieux jean ; cinq minutes de cet équilibre si rare, si animal, si difficile à obtenir, entre l'abandon et la retenue, entre la fusion définitive et le refus absolu de tout céder afin de ne pas tout perdre. À ce moment-là, j'aurais donné n'importe quoi pour qu'elle tape dans ses mains et qu'elle dise : tout le monde dehors, *maintenant*.

À la fin de cette journée-là, ou d'une autre, car rien ne ressemble plus à une *fashion week* qu'une autre *fashion week*, étendue sur le lit, la tête renversée, j'inspectais la tache sur le poignet de ma chemise, songeant qu'elle ne partirait sans doute pas au lavage, ou peut-être que si, je ne parvenais même plus à me souvenir si le sang part au lavage ou pas, et j'avais fini par imaginer le tableau suivant : une bombe venait souffler la pièce voisine, une bombe comme celle du restaurant dans *Brazil*, avec des membres arrachés, des visages couverts de plâtre et des corps qui émergent en rampant, précieuses ridicules qui se grimperaient dessus comme une portée de chiots malades pour tenter de gagner la sortie. Bien sûr, ce scénario n'incluait pas Shannon qui n'était pas encore rentrée, et on partait directement pour Roissy où on prenait un vol pour Santa

Cruz, où on louait ensuite une voiture jusqu'à Capitola Beach, là où ma tante s'était souvenue d'Alexia et d'Arthur avant de cesser de respirer dans mes bras, et devant un coucher de soleil à couper le souffle, sur cette plage déserte bordée de petits pontons de bois qui avancent dans la mer, on aurait marché dans l'écume et j'aurais expliqué à Shannon tout ce qui n'allait pas, ce dont il fallait qu'elle se débarrasse, ce dont il fallait qu'elle se mette en quête, ce qu'il fallait qu'elle aille puiser en elle, et ensuite je lui aurais demandé de me dire tout ce qui n'allait pas chez moi...

J'ai fait un signe pour qu'on m'apporte l'addition, puis j'ai levé ma dernière gorgée de thé à Lisa : bonne année, ma vieille, je te souhaite une mononucléose qui te fasse passer un an en survêtement.

Dehors, le ciel était devenu bleu par endroits, de larges trouées comme si le reste blanchâtre était un drap qu'on avait déchiré çà et là. J'ai relaissé des messages aux filles pour dire que je partais, puis je me suis postée à côté du voiturier qui scrutait le boulevard à la recherche d'un taxi. C'est vrai que porter des vêtements de luxe rassure. Pour certains, c'est comme une seconde peau qu'on colle sur la première qui n'est que failles. Pour moi, c'est la formule parfaite des proportions. Le prix d'une veste de bonne qualité divisé par douze n'est pas plus élevé qu'un crédit immobilier, et à quinze ans comme à quarante, une veste bien coupée m'a toujours semblé plus indispensable qu'un toit. C'est aussi une armure qui tient à distance un possible dénuement. Une couche de plus entre soi-même et la déréliction. Si le quotidien venait à s'écrouler, ça paierait toujours quelques nuits d'hôtel.

Sur une vieille VHS trouvée chez ma mère et que j'ai fait copier sur DVD, on la voit descendre d'une Formule 3. Elle enjambe l'habitacle en retirant son casque, dessous elle porte une cagoule qu'elle retire aussi et sa combinaison est blanc cassé avec des patchs de couleur sur les bras. Elle marche vers un type torse nu qui tient un chrono. Elle plisse les yeux pour le lire en même temps qu'elle se passe la main dans les cheveux. Elle ressemble à Ingrid Bergman dans *Stromboli*. Elle retourne ensuite vers la monoplace en remettant sa cagoule et son casque. Pendant tout ce temps je la suis en suçant mon pouce, et à aucun moment elle ne me jette un regard. Ian n'a pas sauté du dix-septième étage. Delfine n'a pas été incinérée un jour de pluie. Tetsuya ne m'a pas appris à vivre ailleurs. Et la vue de Shannon dans la porte tambour n'était pas la formidable promesse d'une histoire à part. Rien de tout cela n'a existé. Rien de ce à quoi j'ai tenu n'a jamais existé. La photo du parvis de la clinique du Belvédère, à Boulogne, sur laquelle on voit ma mère me tenir emmaillotée tandis que mon père a son bras passé autour de ses épaules, c'était déjà le premier mensonge.

Tous ces petits jeux auxquels on joue, tout ce qu'on se raconte, tout ce qu'on s'inflige, tous, avec la peur d'être jugés, rejetés, trahis, la peur d'échouer ou de manquer de temps, et la trouille la plus viscérale de toutes, parce que personne n'en est jamais revenu pour raconter. Peut-être que les meilleurs moments ne défilent pas, peut-être que personne ne nous attend, et quand ça se produira, on sera probablement entouré d'inconnus ou seul. On se fera dévorer de l'intérieur sur un lit d'hôpital, ou on tombera sur le carrelage de la salle de bains et ensuite combien de jours avant qu'on nous découvre ? Et si vraiment on n'a pas de chance, on croisera la route d'un malade qui nous laissera tout le temps de voir la chose venir, et on nous retrouvera défiguré, souillé, les intestins à l'air, et ça atterrira sur internet comme cette photo innommable du corps de Sharon Tate.

IV

« Et tout le monde s'en fout que la puissance de radiation électromagnétique des ondes Wi-Fi fragilise la barrière hémato-encéphalique. Tout le monde s'en tape que ça laisse pénétrer des molécules qui n'ont rien à y faire. Vas-y que je te fabrique des fringues capables de mesurer ta vitesse respiratoire. Que je t'installe du dioxygène dans le plafonnier. Que je te colle des capteurs jusque dans ton frigo. Si un jour ton cholestérol grimpe trop pour que tu touches au bacon, la barquette se fera éjecter sur le carrelage et un laser sortira du mur pour la pulvériser. Pas grave si dans dix ans t'es mort d'une tumeur au cerveau. »

Debout dans mon entrée, j'écoutais Lily parler sur le répondeur de la ligne fixe. Je l'écoutais asséner tout ça d'une voix furieuse et ivre que je ne lui connaissais pas, et je voyais la valise sans les brosses. La valise que ma mère avait remplie à la place de Liev, et il manquait les brosses.

« Évidemment que ton voisin peut accéder au contenu de ton ordinateur s'il se branche sur ta

Wi-Fi. Attends un peu qu'il chope les photos de ton petit-neveu et qu'il se mette à gueuler partout que t'es pédophile, à chaque fois que t'ouvriras les yeux t'auras envie de te déchiqueter les veines avec les dents. Et si tu veux savoir si ton mec va te quitter, envoie vite FUTUR au 8 12 12. »

J'ai retiré mon manteau pour m'affaler dans le canapé. Il ne manquait pas que les brosses, il manquait tout. Ma mère avait rempli la valise de vêtements d'hiver pour m'envoyer passer l'été au bord de la mer.

« Tout allait bien, hein, tout le monde pensait que c'était une bonne idée, que c'était comme *ça* que ça devait se passer. Ça y est tu t'énerves ? J'espère que c'était une bouteille vide que tu viens de casser, Georges. T'as pas les moyens de gâcher, pas avec ton salaire, pas avec ton petit salaire de prof. »

Je me suis redressée pour prendre le sans-fil sur la table :

— Lily, je passerai te voir tout à l'heure, je t'embrasse.

Les brosses. Les brosses avec lesquelles Liev démêlait mes cheveux et refaisait mes nattes. Ma mère avait tenu à s'occuper de ma valise, pour une fois qu'elle était là. Les dix premiers jours, mon père et ma belle-mère n'avaient même pas remarqué que mes cheveux n'étaient pas lavés. Ensuite j'avais trouvé une paire de ciseaux dans la cuisine. J'avais coupé les nattes et continué sur tout ce qui dépassait d'entre mes doigts. Ils avaient dit à leurs amis que je m'étais endormie avec un chewing-gum, une gosse de dix ans qui mâche du chewing-gum. Ils m'avaient traînée chez le coiffeur pour essayer de rattraper les trous. Des nattes qui m'arrivaient jusqu'au milieu du dos. Je n'ai plus jamais eu les cheveux longs.

Je suis restée assise à regarder un verre sale qui traînait sur la table basse. Je revoyais le coup de coude qui avait fait gicler le glaçon. Le crépitement des stroboscopes avait fractionné le mouvement de mon torse qui s'était creusé, comme pris d'un spasme, pour éviter que le contenu de mon verre n'éclabousse le devant de ma veste. Les confettis sur le haut de l'enceinte étaient en fait de fines lamelles argentées, comme des milliers de rouleaux de papier d'aluminium qu'on aurait passés au broyeur. Le glaçon étincelait dessus, et plus je le fixais, plus il semblait irradier. Il scintillait comme la neige qui tombait depuis plusieurs jours et qu'on redécouvrait vierge, chaque matin, sur les rebords des fenêtres où les rayons du soleil se réfléchissaient avant d'en liquéfier une partie. C'était l'année de l'apparition des appareils photo jetables et des Walkman. Du suicide de Patrick Dewaere et peut-être de Romy Schneider. J'étais tellement môme qu'il m'arrivait de continuer à jouer au Rubik's Cube pendant que quelqu'un m'embrassait. Avec Marie on faisait trop souvent le mur de la pension ; sa mère s'était déplacée pour supplier qu'on ne vire pas sa fille, la mienne était partie suivre un pilote au Grand Prix de Nürburgring.

Assise là, je ne savais pas comment occuper le reste de la journée jusqu'au dîner chez mon père. Traverser Paris pour aller voir Lily puis revenir dîner à deux pas était absurde, mais le faire un jour où il y a peu de taxis aurait le mérite de prendre du temps. Dans la même logique, j'ai envoyé un texto à Stella demandant si je pouvais passer la voir, puis je me suis relevée pour plier la couette restée en boule sur le canapé. Je n'ai pas besoin d'un lit, j'ai juste besoin d'un oreiller. J'ai entendu ma mère dire ça une fois. Peut-être est-ce notre seule ressemblance. Il suffit que je puisse incliner ma tête contre quelque chose pour m'endormir. Parfois – et il semblerait que cette phase revienne, car en entrant dans la chambre pour déposer la couette, je n'ai même pas jeté un regard à la pièce dont j'ai refermé la porte en ressortant –, parfois il arrive que je sois incapable d'aller me coucher. Une terreur sourde m'empêche de me déshabiller et de me laisser aller dans une position normale. Je ne lâche prise que tout habillée sur le canapé avec une lumière allumée et mes chaussures pas loin. Mais je sais que ma mère a voulu dire qu'elle n'a besoin de personne.

Je suis allée mettre de l'eau à bouillir dans la cuisine, et j'essayais de l'imaginer à vingt ans, ou plutôt d'imaginer comment elle me voyait, moi, alors qu'elle avait vingt ans, qu'elle était à la fac et ne rentrait que le week-end. Un jour elle m'a confié que même si elle avait voulu s'occuper de moi, on l'en aurait empêchée. J'imaginais aisément la famille, dans cette grande maison où on vivait tous ensemble, lui tomber dessus chaque fois qu'elle passait la porte, rester sur ses talons dans le couloir jusqu'à ma chambre, la laisser me soulever trois secondes puis m'arracher de ses bras en prétextant qu'elle ne savait pas s'y prendre. Je voyais Liev faire ça, même si je n'ai aucune idée d'à quoi elle ressemblait quand j'étais petite. Je ne me souviens d'elle qu'à partir de dix ou onze ans quand elle en avait déjà presque quatre-vingt-dix. Je voyais Liev me reprendre pour me serrer contre elle, et ma mère être sur le point d'insister, puis hausser les épaules et monter se changer pour aller jouer au tennis.

Dans les familles aisées, il y a toujours eu des nourrices pour élever les enfants, mais pour ma mère j'ai l'air d'être autre chose, une nièce ou la fille d'une amie qu'elle trouve agréable une demi-heure avant de s'ennuyer. À l'inverse de mon père qui ne sait pas cacher son mépris ou son agacement, elle se réjouit ou se désole selon ce que je lui raconte, mais ça sonne faux, elle a juste reçu une éducation irréprochable. Leur unique point commun est de s'être faits tous seuls. À l'époque où ma mère avait vingt ans, avec du culot et de la détermination on pouvait choisir un métier et l'exercer quelques mois plus tard. Elle a commencé par photographier des courses de voitures puis est entrée chez Sipa et plus tard au *National Geographic*. Si on met bout à bout les nuits où elle dormait sous le même toit que moi et se trouvait encore là à mon réveil, ça ne doit pas dépasser trois semaines par an. Vingt ans de *news* puis vingt ans de reportage, et aujourd'hui encore, j'appelle et elle est au pied d'un volcan du Kamchatka ou sur une plate-forme pétrolière de mer du Nord. Lorsqu'on a un père orphelin et une mère qui a perdu la sienne à la naissance, j'imagine qu'on ne peut pas leur en vouloir de ne pas avoir su donner ce qu'ils n'ont pas reçu.

J'ai sorti une tasse, une passoire, du thé que j'ai émietté, j'ai versé l'eau bouillante dessus, puis finalement j'ai vidé la tasse dans l'évier. La dernière fois que j'ai vu ma mère, il y a des mois, je me tenais sur son palier avec soixante roses pour son soixantième anniversaire. Elle était au téléphone et dans l'entrée attendaient deux sacs de voyage déjà fermés. Elle avait pris les fleurs, les avait senties, avait fait signe qu'elles étaient divines puis les avait posées sur la table. Une fois qu'elle avait raccroché, elle avait dit qu'un taxi l'attendait en bas et que si je voulais discuter, il faudrait que ça ait lieu en chemin pour l'aéroport. Attablée en face d'elle à la cafétéria, je n'arrivais pas à penser à autre chose qu'aux fleurs restées sur la table sans eau. J'avais fini par lui demander ce que ça lui faisait d'avoir une fille qui déteste prendre l'avion, et elle avait répondu que tout le monde est différent. Jamais elle n'a cherché à savoir en quoi consistent mes phobies ou de quand elles datent. J'avais prétexté un besoin de sortir fumer pour éviter de la regarder s'éloigner. Une fois dans le taxi, je n'avais pas scruté le ciel en me demandant si elle avait déjà décollé. Je ne fais plus ce genre de choses. Quand ma mère mourra, ce ne sera pas dans un accident d'avion, ce sera parce qu'elle aura touché un kokoï de Colombie ou qu'elle aura mangé du foie de fugu.

On est à Madras. Elle est partie pour la journée photographier un ashram. Le concierge de l'hôtel s'occupe bien de moi, il me gave de chocolat, mais j'ai envie de vomir et une de mes chaussettes est rouge et l'autre bleue. On est à Courmayeur. Elle est partie quatre jours escalader une corniche. Je fais de la luge et tout d'un coup j'ai quarante de fièvre, mais prévenue par radio elle ne redescend pas, elle suggère qu'on me fasse transpirer. On est dans une maison au lac de Côme. Tous les soirs elle s'enferme dans sa chambre avec son petit ami. Tous les soirs j'ai envie de transporter le matelas de mon lit jusqu'à sa porte pour dormir devant. Je ne le fais pas. À force, on finit par se construire une façade pour retenir ce qui s'effrite en dedans. La malédiction, comme l'appelle Stella, consiste à naître dans un environnement privilégié avec un cœur qui ne l'a pas été. À la place on reçoit autre chose, une sorte de lucidité cruelle. On dit que les enfants abandonniques sont de grands manipulateurs, que tout leur est dû et que ce ne sera jamais assez. C'est sans doute vrai. On peut tout avoir et ne rien tenir.

Tout le monde était charmant mais tout le monde avait toujours autre chose à faire. Sauf Liev. Mais Liev est morte. Sur la VHS gravée en DVD, en dehors de ma mère qui essaie une monoplace, il y a une courte séquence avec mon père, au bord d'une piscine. Ma mère et lui et trois autres couples sont assis dans des chaises longues avec des verres sur un plateau. Je dois avoir un an, je crapahute à quatre pattes dans l'herbe, en maillot de bain avec des brassières gonflables. Je vais des uns aux autres, et chaque fois chacun me sourit, mais quand je sors du cercle qu'ils forment, aucun regard ne me suit, et quand je sors du cadre, la caméra ne me suit pas non plus. Ma mère a gâché mon enfance et mon père mon adolescence. Quand à quinze ans j'ai débarqué avec un premier tatouage, il m'a fait passer tout l'été en pull puis ne m'a plus jamais emmenée en vacances.

Ma mère avait oublié les brosses. Pour la valise suivante, je ne faisais même plus confiance à Liev. C'était elle qui l'avait remplie mais c'était moi qui avais tout désigné, lui faisant tout ressortir, encore, et encore, pour vérifier qu'on n'oubliait rien. À part les brosses qui n'avaient plus de raison d'être, rien n'avait manqué, mais quelque chose était cassé. Par la suite je n'ai plus jamais cherché à contrôler le contenu de la valise. Ni quoi que ce soit d'autre. Hormis mes phobies, plus rien ne me préoccupe vraiment. On pourrait me dire demain que je dois me séparer du seul souvenir que j'ai de Liev – une petite icône russe que je trimbale toujours dans le fond d'une poche –, peu importe, j'ai songé en clignant des yeux pour chasser mes larmes, peu importe, et je me suis appuyée au plan de travail pour retirer mes baskets.

Assise au bord de la baignoire à regarder l'eau jaillir, je me souvenais du bain qu'on avait pris, avec Shannon, après la première nuit. Réveillée par le bruit de l'eau qui coulait, elle était entrée dedans d'un coup avec une chemise enfilée en se levant. L'eau avait débordé par paquets sur le carrelage, et tout ce qu'on a dans la tête la seconde d'avant, l'espoir d'un chèque pour combler un découvert ou le sentiment qu'on n'écrira jamais rien qui puisse être rangé sur la même étagère qu'untel, tout ça est pulvérisé par la bouche qui se calque grande ouverte. Chaque fois que l'une ou l'autre reposait un livre ou raccrochait son téléphone. Chaque fois qu'on était quelque part et que nos regards se croisaient dans les espaces entre les têtes. Une cabine d'essayage, un hall d'immeuble dont la minuterie s'éteignait, un angle mort dans le couloir de l'hôtel, et sa main venait agripper ma nuque pour rapprocher ma bouche. Mais ce n'était pas pour ça que j'étais avec elle. J'étais là parce que je voulais qu'elle change ma vie. Je voulais qu'elle transforme chacune de mes peurs en défi immédiat. Je voulais qu'on rejoue *Prufrock* de T. S. Eliot ; qu'on aille errer ici et là et qu'on regarde les vagues se fracasser sur les rochers.

Sur le DVD, il y a aussi plusieurs séquences avec Liev. La forêt dans laquelle on se trouve doit être les Vosges où elle aimait se promener, j'ai une dizaine d'années, il n'y a pas de son et je ne sais pas qui filmait. Sur le premier passage qui ne dure que quelques secondes, on la voit boire à une gourde, assise à une table en rondins, et je ne suis pas dans le cadre. Sur le deuxième, elle est assise à une table en fer, et je fais je ne sais quoi en déplaçant des chaises autour, je n'en finis pas de traîner deux chaises pendant qu'elle boit ce qui ressemble à un verre d'orangeade. Elle dit quelque chose, et ce que je réponds doit être détestable parce qu'elle se fend d'un sourire forcé l'air de dire tu es délicieuse, ma petite fille. Sur le troisième passage, on suit un chemin, elle s'aide d'une canne, je marche devant et je reviens régulièrement tirer sur sa manche pour la faire avancer plus vite. À un moment, je m'accroupis, je ramasse un bâton et en me redressant je lui donne un coup, un grand coup sur le poignet et on la voit se mordre la lèvre en regardant par terre. Sur le dernier passage, on est sur un pont bordé de chaque côté d'un muret de pierres, et je suis allongée sur l'un des deux, allongée de tout mon long avec mes jambes qui font des sortes de moulinets de pédalo. Liev, livide, tient mes bras fermement pour que je ne bascule pas dans le précipice. À la première image, ça m'avait fait un tel choc de la revoir vivante que j'avais les deux mains écrasées sur la bouche pour étouffer le cri qui montait. À la troisième, j'avais mordu mon poing jusqu'au sang pour retenir les sanglots de me découvrir aussi odieuse. Maintenant, allongée dans un bain trop chaud, je n'aurais pas su dire précisément pourquoi je pleurais. Certainement pas parce que son dévouement fait ressortir ce qui a manqué avec ma mère. Peut-être que je pleure toujours pour la même raison, parce qu'elle est partie avant que je commence à m'intéresser véritablement à elle. Ou peut-être parce que je ne crois pas un instant que lorsqu'on meurt, on retrouve là-haut ceux qu'on avait perdus.

En sortant du bain, j'ai trouvé un texto de Stella qui m'attendait quand je voulais. Elle demandait si j'avais des nouvelles de Marie qui n'était pas venue non plus, et me rendre compte que le manteau sur le dossier de la chaise au Flore n'était pas le sien a déclenché une sorte d'onde d'inquiétude. Son portable était toujours éteint. Au lieu de parler sur la messagerie, j'ai envoyé un texto pour être prévenue quand elle le rallumerait. J'en ai aussi renvoyé un à Bret disant : finis ta phrase, merde. Puis j'ai fait défiler les noms du répertoire jusqu'à celui de ma mère, et je me suis mise à arpenter le salon pour me donner une contenance.

— Salut maman, je voulais te souhaiter une bonne année.

— Mon Dieu, on est déjà le 1er janvier ?

J'ai soupiré en m'approchant de la fenêtre, lassée qu'elle réponde ça tous les ans. De la rue montait l'air de *Love is Here to Stay*, et en ouvrant pour regarder en bas, j'ai vu une fanfare sur la chaussée. Trois types qui paradaient en traînant les pieds, trois costumes noirs fripés avec un tuba, un trombone et une caisse claire effleurée par des balais. Rien de très surprenant, excepté que c'étaient les vieux Marocains qui passaient les serpillères dans les allées du Passy Plaza, le centre commercial à quelques rues. Ils ne levaient pas les yeux sur les façades des immeubles, ils se regardaient, avec le premier qui avançait à reculons pour rester face aux deux autres.

— Tu es où ? j'ai demandé en me souvenant de ma mère au bout du fil.

— Au marché aux chameaux de Gao. La ville est formidable, aucune trace de modernité, les chaussures sont taillées dans des peaux de chèvres.

— Tu te souviens de Biarritz ? Les brosses que tu avais oubliées ? Mes nattes ?

— Tes quoi ? C'était quand ? Tu avais quel âge ?

— Tu rentres quand ?

— Oh... elle a hésité, tu sais, je...

— OK maman, je te souhaite une bonne année.

Je suis restée à considérer le téléphone en secouant la tête, puis j'ai de nouveau regardé par la fenêtre mais la fanfare avait disparu. J'ai alors visualisé le trajet pour me rendre chez Lily, puis chez Stella, puis chez mon père, et j'ai refait défiler le répertoire pour voir si j'avais toujours le numéro de Sam.

V

Des gosses avec des fiches de paie d'adultes. Des gosses avec des *roadsters* Mercedes et des American Express. Des bronzages naturels et des coupes impeccables. Des baies vitrées, des restes de *Royal Cheese* et des dressings pour collections de Nike Jordan. Des gosses dans des aéroports avec des Blackberry et des *trolleys* Vuitton ; des gosses en descente de *freebase* en classe Affaires. Des vies cramées en une respiration, j'avais songé le jour où on a enterré Delfine. Delfine dont le cœur a lâché à trente-trois ans, maintenant au fond d'un trou rempli de CD au lieu de fleurs fanées. Combien d'autres, depuis. Overdoses d'héroïne, de cocaïne, de crack, d'oxycodone, retrouvés dans leur lit ou leur salon en bas de survêt, et le tirage A3 érigé sur l'autel est chaque fois suffocant à regarder tant le sourire éclatant est figé dans un autre espace-temps. Détresse respiratoire à moins de quarante ans, à moins de trente-cinq, à moins de trente. Des sacs mortuaires hissés comme de la viande, des ambulances qui repartent sans sirène et les portables se mettent à sonner. Des jours et des jours de crises de larmes, de déni, d'incrédulité ; tout le monde fébrile, incapable de manger, de somnoler ; souvenirs, spéculations jusqu'à l'autopsie, et à la sortie du cimetière, tout recommence comme avant.

Ça pourrait m'arriver demain. Un simple arrêt cardiaque en me versant un Coca, et ce que j'aurais été ne mériterait même pas les premiers gestes de réanimation. J'étais persuadée de ça en regardant Sam tenir la portière. Il insistait, d'un imperceptible hochement de la tête, il me faisait signe de monter derrière. Il était rasé de près, son costume était impeccablement coupé et sa BMW rutilait, elle venait d'être lavée, de l'eau gouttait encore des jantes. Il tenait la portière tandis que de l'autre main il m'invitait à grimper, et je reconnaissais cette main, ces longs doigts fins et sombres avec la paume plus claire, cette paume qui s'était si souvent ouverte, la main tendue comme repère familier. Il se tenait là de nouveau, et derrière le sourire à peine esquissé, je lisais la joie retrouvée et la complicité acquise. La même, peut-être, que celle de Liev quand elle savait que j'avais collé le thermomètre sur l'ampoule, et j'aurais voulu pouvoir dire laissez tomber, je ne mérite pas tout ça, je suis née avec et je ne l'ai peut-être jamais mérité.

Les avenues bordées d'arbres défilaient à nouveau. Les platanes dénudés, les marronniers, le retour du ciel bleu et des voitures et des passants, et le sentiment était le même qu'avant, le soulagement de la prise en charge. Chaque fois que je croisais le regard de Sam dans le rétroviseur, je savais qu'il devinait à quoi je réfléchissais : accepterait-il de quitter son nouveau poste à l'ambassade si je le lui demandais, cela aurait-il un sens alors que je vis à découvert et sors si peu ? Tout se déroule normalement, un vernissage dans une galerie, une table de restaurant, une banquette de bar, et brusquement la peur primale, sortir, immédiatement. Le sentiment d'être sur le point de s'évanouir, et la nausée. Se frayer un chemin entre les gens, sans que l'urgence se lise sur le visage, sans se trouver mal avant d'atteindre la porte. Mais une fois sur le trottoir, je ne sais plus où je suis, dans quel quartier, à quelle distance de chez moi. Le souffle est coupé par ce qui s'effondre, les rues et les noms qui reculent, et je vois Sam descendre de voiture, je vois quelque chose dans ses yeux, mais il y a comme un décalage de la perception, je le vois sans comprendre ce que ça signifie, et je pars au hasard. Jusqu'à ce que Sam me rattrape par le bras, qu'une légère secousse ébranle la voiture, et que recroquevillée sur la banquette, je prenne conscience de l'épaisseur des vitres.

Des gosses. Des pièces entières remplies de chaussures, de rayonnages sur mesure ou de boîtes qui s'empilent, un Polaroïd de chaque paire agrafé sur le devant de chaque boîte. Des étagères de pulls triés par catégorie de couleurs. Des portants de tee-shirts, de chemises, de vestes. Des montagnes de magazines, de DVD et de CD, mais rarement de livres. Sauf chez Stella et chez Marie, des livres dans toutes les pièces, ouverts sur l'accoudoir du canapé ou le rebord de la baignoire. Stella que je n'avais brusquement plus envie de voir, aujourd'hui. Parce que Stella s'engouffre dans les failles. Stella ne comprend pas les blocages, Stella n'a pas de tares comportementales. À ses yeux une crise d'angoisse n'est jamais rien de plus qu'une légère appréhension à laquelle on accorde trop d'importance. Mais avant, Lily, et Lily est comme Marie, trop indulgente vis-à-vis de ses propres névroses pour rejeter celles des autres. Lily en pleine crise de nerfs, un matin, à la pharmacie au coin de la rue, en train de soulever son pull sans soutien-gorge en dessous et de crier : « J'ai avalé une araignée, bordel, vous comprenez ce que je dis ou bien ? » La file de petites piqures partait de son nombril, remontait en serpentant sur sa poitrine, sa gorge, son menton et s'arrêtait au coin de ses lèvres. Elle m'avait aboyé dessus pour demander si j'habitais le quartier et si j'avais une connexion internet. Lily assise dans mon bureau à se gratter et à chercher sur Google s'il était courant d'avaler des araignées dans son sommeil – ça l'est – avant de réclamer un petit déjeuner : « Je sais pas, moi, aspirine, mépéridine, Jack Daniel's, *breakfast* continental, quoi. » Je n'ai jamais su ce qu'elle était venue faire dans le XVIe, mais c'est comme ça que je suis devenue l'amie d'une gamine de vingt-cinq ans qui traduit du suédois des modes d'emploi de meubles en kit. Elle fait ça explosée à la *northern light*, ce qui donne les consignes de montage les plus mal traduites du monde, les notices Ikea.

* * *

On sait qu'on arrive chez Lily quand on dépasse la BNP de Botzaris devant l'entrée de laquelle, bombé avec une peinture blanche que rien ne semble pouvoir effacer, s'étale sur le trottoir en lettres énormes TON BANQUIER EST TON AMI. On le sait en descendant de voiture, aux puissantes basses de gangsta rap qui s'échappent des fenêtres ouvertes au sixième et qui pulsent dans les murs de la cage d'escalier. Aucun voisin ne se plaint jamais car il n'y a là que des ateliers clandestins, et Sam se retenait de rire en vérifiant qu'on avait la même heure sur nos portables pour revenir me chercher, et je riais franchement en confiant qu'une fois qu'on entre chez Lily, elle ne baisse pas le volume et l'exercice consiste à bien réfléchir à ce qu'on a envie de dire tant se faire entendre pompe de l'énergie.

Passer voir Lily revient à hocher la tête sur le flow d'ODB ou d'Eazy-E en tirant sur les joints qu'elle tend, mais ça revient surtout à la regarder tourner inlassablement autour de *la chose*. Cette fois pourtant elle a coupé la musique avant même d'ouvrir, et en pénétrant dans l'unique pièce de trente mètres carrés, j'ai eu un choc devant l'ampleur que cette *chose* avait prise. Maintenant elle ne trônait plus sur une seule table de ping-pong, mais deux, au point que la chaise devant le petit bureau avait été supprimée, faute de place pour la tirer, de même que le canapé-lit devait rester fermé.

Au premier abord, on dirait simplement la maquette géante d'une ville. Une ville américaine de taille moyenne à laquelle il ne manque rien – trottoirs, chaussée, verdure et lampadaires de rues qui fonctionnent –, mais avec comme particularité une esthétique intégralement consacrée aux années cinquante. Les voitures sont des Buick ou des Chevrolet, on voit des clubs de jazz devant lesquels des Noirs sont accoudés à des *flight cases* de contrebasses, et les gamins assis sur les marches des porches lisent des *comics* de *La Torche humaine* ou des *Contes de la crypte*. L'échelle au 1/100e est trop petite pour remarquer ces précisions à l'œil nu, il faut tirer à soi une loupe que Lily a soudée au bras télescopique d'une lampe de bureau fixée au bord de la table. On ne comprend pas, au premier regard, pourquoi on est envahi par un sentiment de malaise. Jusqu'à ce que l'œil rencontre un détail qui glace, puis qui fait éclater de rire, puis qui glace à nouveau à mesure qu'on constate que ces détails sont *partout*. Devant une maison, un père de famille bricole sous le capot d'une voiture, pendant que dans le jardin, un enfant tabasse un chien à coups de bâton. Devant l'immeuble d'une station de radio, deux vieilles dames discutent avec un prêtre, pendant que dans l'arrière-cour, un homme poignarde une femme. Des ouvriers réparent un trottoir le long d'un mur, tandis que derrière, trois zombies dévorent un corps qui rampe dans la poussière sous un panier de basket. Dans un terrain vague, quatre types violent une fille sur un matelas en lambeaux. Dans les parcs, les buissons sont remplis de sexes à l'air; dans les ruelles, des rats sortent des égouts et des gangsters gisent dans des mares de sang. À la sortie de la ville, dans un bois, un tueur en série creuse un trou pour enterrer des morceaux. Plus loin, aux abords d'une maison en ruine, on tourne un *snuff movie*. Enfin à la périphérie de la table, là où il n'y a encore pour l'instant que des champs à l'herbe jaunie traversés de petits chemins, un fermier, accoudé à une fourche, se tient à côté d'un *crop circle* en forme d'œil, et quand on regarde son visage à la loupe, il a les traits d'Elvis, mais un Elvis de soixante-quinze ans devenu anorexique. On relève alors les yeux sur Lily qui porte un tee-shirt *Got buffons eatin my pussy while I watch cartoons*, et elle boit innocemment son thé dans un mug du Cheshire Cat.

Elle était juchée sur un escabeau pour planter des crochets dans le plafond. Elle avait un pied sur une marche et l'autre sur la table, la pointe de son gros orteil au vernis rouge sang en équilibre entre deux voitures accidentées et leurs conducteurs en train de se battre. À côté étaient posés une demi-douzaine de fils de pêche en Nylon, avec au bout des soucoupes volantes de la taille d'un badge. Lily avait oublié de mettre une bâche sur la ville et du plâtre tombait. En le constatant, elle est aussitôt redescendue pour souffler partout, puis elle est remontée en recalant son orteil à côté des types qui se battaient, et j'ai remarqué que dans leur dos, un voisin s'approchait avec une tronçonneuse.

— Alors t'as aimé mon *happening* ? elle a demandé en me faisant signe de lui passer un premier fil.

— Ton quoi ?

— Sur ton répondeur. Ça s'intitule « Obsessions contemporaines : Angoisse rétrograde et *Paranoia Wireless* ». Esthétiquement c'est Liz Taylor, Martha dans *Qui a peur de Virginia Woolf ?* et idéologiquement c'est une célébration du fascisme bien-pensant dans lequel on s'ébat avec délice. Avant-gardiste, non ?

Je retrouvais sa voix habituelle, grave, posée, profonde, presque sexuelle, aux intonations toujours ironiques qu'ont ceux que plus rien ne surprend et que tout amuse.

— Je t'ai dit qu'on m'a filé un iPhone ? C'est délirant qu'on puisse afficher les températures de dix villes en simultané. Demain il va faire – 40° à Verkhoïansk. J'ai pas une pute d'idée d'où est Verkhoïansk mais j'en connais qui vont se peler.

Elle a désigné le cendrier pour que je lui passe le joint qui fumait.

— Je comprends même pas pourquoi les gens sont déprimés, elle a poursuivi en prenant un autre fil. On a Facebook pour plus jamais être seuls, pas grave si ça fait rappliquer les connards que la vie s'était chargée d'envoyer sur orbite. On a Wikipédia pour la composition du Semtex, Doctissimo quand on se demande si on doit être à jeun pour une radio du genou. Plus de grammaire, de l'abréviation SMS. Plus de thunes, des cartes de crédit. Plus de CD, des MP3. Jette tes DVD encombrants, c'est l'ère de la reconversion en langage binaire que tu peux visionner n'importe où.

Assise dans le canapé, je la regardais terminer d'accrocher les fils, son orteil manucuré toujours sur la pointe. Est-ce qu'enfant elle avait fait de la danse ? Étais-je la seule à ne rien savoir de sa famille ? Je suppose qu'il y a des gens dont on ne sait jamais grand-chose, comme s'ils étaient apparus un jour dans un couloir avec une clope.

Six soucoupes volantes pendaient maintenant du plafond à des hauteurs différentes au-dessus du *crop circle*. Lily est redescendue puis a reculé pour embrasser l'ensemble du regard.

— Dans les Apple Store y'a même plus de caisse, le mec sort une machine de sa poche et ton Smartphone vibre en recevant la facture par mail. D'ici peu y'aura même plus de mec. Deux mille ans pour aboutir à une civilisation hypertrophiée à laquelle il faudra moins de dix ans pour se déconstruire. Tout se désincarne, c'est fantastique, bientôt le monde ne sera plus qu'une rumeur.

Une main sur la hanche, Lily attendait que je réponde quelque chose.

— Certes, j'ai fini par dire.
— On vivra dans des grandes pièces vides et on sera tous là à se regarder dans le blanc de l'œil.
— C'est quoi cette ville, exactement ?
— T'y penses jamais ?
— Il manque une scène.

— Ça te rend pas claustro sur les bords ?
— Il manque une scène de secte.
— T'es entraînée, tu me diras.
— Quoi ?
— Tes phobies. Ton appart tout vide, ton besoin de contrôle, ton angoisse permanente de crever.

- *Hein ?* j'ai fait, en même temps que je lisais un texto de Sam qui prévenait qu'il était en bas.

— Quinze ans ou plus que tu te trimbales ces trucs et tu t'es jamais demandé ce que ça voulait dire ?

Mes yeux se sont posés sur le mur au-dessus de son bureau, là où quelques photos et coupures de journaux étaient assemblées en éventail autour d'une pochette de vinyle de Coltrane. La carte postale que j'avais envoyée du Maroc y était punaisée du côté de la face écrite. J'étais assise trop loin pour la déchiffrer mais je me souvenais de la phrase pour avoir écrit la même à Stella et à Marie : pourquoi vous m'avez laissée faire du surplace si longtemps ?

— Tu peux pas continuer comme ça juste parce qu'un jour tu t'es cassé la gueule d'un bus.

— Il manque une scène de secte, j'ai redit. Et il manque un tas de gamines en train de regarder par terre, parce qu'elles viennent de se faire violer en rentrant de l'école, elles viennent de se faire violer par quatre types, les uns après les autres, et elles savent déjà qu'elles ne le diront jamais à leurs parents.

Les yeux de Lily se sont rétrécis. Ils étaient pleins de haine mais j'ai choisi de prendre ça pour de la reconnaissance. Je savais que j'étais la seule à laquelle elle avait raconté ça, parce qu'elle a honte, les victimes de viol ont toujours honte en plus d'avoir peur de briser le cœur des gens qui les aiment.

*
* *

Sam était garé en travers d'un bateau, et avant de remonter en voiture j'ai désigné le distributeur. Pendant que j'attendais que les billets sortent, je considérais le gigantesque graffiti bombé par terre. J'imaginais Lily en train de le faire, en pleine nuit et probablement seule. Il allait de soi que le jour où il m'arriverait quelque chose, le peu que je laisserais lui reviendrait. Les avenues défilaient de nouveau, et je voyais des décharges remplies de Minitel et de téléphones à cadrans, de magnétoscopes, de lecteurs cassettes, de Walkman, de baladeurs CD. Des allées de supermarchés et des affichages de prix chocs, de promos du jour, de galettes des rois dès décembre. Des courriers publicitaires « urgents, sécurisés, confidentiels et strictement personnels » pour des chèques-cadeaux de cinq euros. Je voyais le chauffage central de mon immeuble qui reste à fond jusqu'en mai et tout le monde vit les fenêtres ouvertes. Le local de poubelles où la jaune n'est pas vidée assez souvent et on balance tout dans la verte plutôt que de remonter le sac. Je voyais Lisa triturer un pavé de lotte du bout de sa fourchette, chez Gagnaire, en déclarant qu'Amy Winehouse avait mérité ses sept cent cinquante mille euros pour son *showcase* d'une heure chez Fendi. Je voyais internet saturé d'adresses e-mail et de blogs abandonnés. Je voyais la scène du viol de Lily, et je voyais le visage d'Omayra Sanchez.

Omayra Sanchez, treize ans, coincée dans une mare de boue après l'éruption du volcan en Colombie. Seule sa tête dépasse de la surface, le reste de son corps est pris en dessous dans les décombres. Ses yeux sont noirs, brûlants, et résignés. Elle sait qu'elle va mourir et elle fixe la caméra avec une tendresse insoutenable. Elle dit adieu à sa mère, où qu'elle se trouve. Elle lui dit de ne pas s'inquiéter, que ce n'est pas grave, que c'est comme ça, et la caméra filme. La caméra filme ses grands yeux d'enfant pendant deux jours, jusqu'à ce qu'elle meure, devant le monde entier.

Des gosses. Des gosses avec des avocats et des actions boursières et des boîtes de Stilnox.

VI

— Tu te souviens de ce pique-nique, il y a deux ou trois ans ? Tout le monde allongé sur des plaids à manger des lasagnes et boire du blanc ? Tu te souviens de ces mômes qui couraient partout et aucun ne criait, aucun ne pleurait, et les plus jeunes couraient cul nul avec les fesses badigeonnées de crème ? Ils s'appelaient Paloma, Eliot, Tao, ils avaient tous un parent italien et un autre anglais, ou grec, ou croate, ils avaient tous la double nationalité et tu les avais appelés ironiquement les enfants du futur. Tu te souviens de cette petite fille, et de ce petit garçon qui l'aspergeait avec son pistolet à eau ? Elle restait là sans rien faire, sans cligner des yeux alors qu'elle avait de l'eau qui lui coulait partout sur la figure. Elle devait avoir trois ou quatre ans et elle réfléchissait. Elle avait l'air de se dire que si elle ripostait avec son propre pistolet, il le ferait aussi et ce serait sans fin, alors elle avait réglé la question en lui donnant un coup sur la tête. Tu te souviens de cette gosse ? Elle est morte hier fauchée par une voiture.

Assise sur le canapé de Stella, j'évitais de la regarder aller et venir dans le salon. J'évitais de regarder les cartons déjà fermés dans la pièce vide, et les quelques-uns encore ouverts qu'elle achevait de remplir avec ce qui traînait.

— Tu ne peux pas arriver à quarante ans et ne pas faire le bilan de ces quarante ans.

Stella partait s'installer en Provence.

— Si tu veux envisager un lendemain, il faut que tu le fasses avec un minimum de bienveillance, tu ne peux pas te contenter de survivre.

Stella partait s'installer à l'année dans la maison qu'elle ne louait habituellement que l'été.

— Être adulte, c'est tenir ses promesses.

Elle comptait l'annoncer ce matin. Elle le savait depuis quand ?

— Aujourd'hui n'est pas le brouillon de demain.

On prenait le petit déjeuner au Flore puis on allait marcher dans les allées du Luxembourg. C'étaient les seuls moments où je voyais de la verdure.

— Les choix ne sont plus infinis.

On prenait le thé au Lutetia et on en ressortait cinq heures plus tard. C'était la seule personne avec laquelle je parlais d'écriture.

— Tu m'écoutes ?

— Tu as des nouvelles de Marie ? j'ai fini par demander.

— Non, elle a soupiré, agacée que je semble ailleurs, et elle a quitté la pièce pour aller préparer du thé.

J'essayais de me souvenir du dernier coup de fil de Marie, au Maroc, si elle avait parlé de ce qu'elle comptait faire pour le réveillon. Les soirs de fête, l'ambiance est toujours tellement particulière dans sa cage d'escalier. Presque toute la famille vit à la même adresse – frères, oncles, tantes, cousins – et tout le monde laisse sa porte ouverte sur le palier pour passer d'une soirée à l'autre. On dit qu'il faut compter trois générations pour redonner du souffle à une fortune ; là, c'est fichu. Leurs vagues opérations financières se cassent toujours la gueule et plus personne ne prend soin de la propriété en Bourgogne, plus personne ne remplace les pieds de vigne qui ont crevé ou les tonneaux qui ont moisi. Les parents y vivent toujours, mais dans les vieilles familles on ne s'occupe pas d'argent. Une fois que les caisses sont vides, on hausse les épaules et on continue à vivre comme des princes, peu importe si ce n'est plus que dans trois pièces parce qu'on n'a plus de quoi chauffer le reste. J'aurais aimé que mon père soit comme celui de Marie. J'aurais aimé qu'il soit cet homme qui n'a jamais rien eu à prouver, qui lève son verre à la santé d'un vieux cheval à un prix de Diane en disant : amusez-vous, mes enfants, poursuivez vos rêves.

Stella est revenue avec un plateau et elle a poussé du pied un carton jusqu'au canapé pour le poser dessus.

— J'ai quitté Shannon.

Elle n'a pas cillé tandis qu'elle versait le thé dans les tasses, puis elle m'en a tendu une et s'est assise sur le parquet.

— Tu cherches le diable qui sort de sa boîte. Toujours dans l'épiphénomène. Les fréquences hautes sont pourtant épuisantes. Tu ne peux pas être dans la durée ?

J'ai froncé les sourcils.

— Non, elle a soupiré, je veux dire que tu vas toujours vers des gens avec qui ça ne peut pas marcher.

Je soufflais sur le thé et la sensation de la vapeur sur mon visage a fait remonter une drôle d'image, un cornet de glace au bord d'un bassin sur lequel je poussais un voilier. Deux boules cassis-citron, et Liev assise à côté, au soleil. Luchon, une station thermale où on m'emmenait l'été. Un hall de marbre immense qui sentait le soufre, des masques en plastique bleu, et un petit garçon dans un feuilleton qui s'appelait *Graine d'ortie* ou quelque chose comme ça. Liev portait sa robe habituelle, informe comme un sac, bleu marine ou noire, elle paraissait n'en avoir que deux. Maintenant, ni ma mère ni mon père ne seraient capables de me parler de ces endroits où j'allais avec elle.

— Tu m'écoutes ? a fait Stella. On meurt, et avant ça on a quelques petites choses à faire. Tu n'as pas d'autres envies que de te regarder tomber amoureuse tout en refusant de l'être ? Quand comptes-tu te remettre à écrire ?

Ni elle ni moi ne publions jamais rien sans que l'autre ait relu et corrigé. J'ai eu envie de lui demander ce que j'allais devenir si elle quittait Paris. Mais le processus de rejet était déjà enclenché. La seule chose que je ne savais pas encore, c'était si je parviendrais à transformer la relation ou si je ferais une croix dessus pour ne pas avoir à gérer le manque.

— Tout le monde a envie de ça, elle a repris. Tout le monde a envie d'être amoureux. On est tellement bien dans les bras de l'autre, on pourrait mourir de cette chaleur. Un jour on pose les yeux sur quelqu'un et quelque chose s'allume. Quelqu'un nous touche et on sort de nous-même pour aller vers lui. On le regarde dans le fond des yeux, dans ses yeux pleins de promesses, et on crève de peur parce qu'on pourrait partir en morceaux. Tu veux l'appart ?

– *Hein ?*

— Tu veux reprendre ici ? T'as pas besoin de tes quatre pièces. Ce truc de gym dont tu ne t'es jamais servie. Et ta collection de baskets aberrante. Vends-la sur eBay et offre-toi un tour du monde. À quoi ça te sert toutes ces baskets, tu mets toujours les mêmes. Tu ne les emporteras pas dans la tombe.

En ressortant de chez Stella, la nuit était tombée. J'ai vu que le Monceau Fleurs un peu plus haut était ouvert et j'ai fait signe à Sam que j'en avais pour une minute. Pendant que j'attendais à la caisse, j'ai renvoyé un texto à Marie pour dire que je m'inquiétais, puis alors que j'allais remonter en voiture, j'ai entendu Stella qui appelait, penchée sur son balcon cinq étages plus haut.

— Tu as réfléchi à ce que tu veux qu'on fasse pour ton anniversaire ? elle a crié.

J'ai écarté les mains pour faire signe que non. Je n'y avais même pas pensé ces derniers jours.

On roulait de nouveau, et maintenant dans la nuit on ne voyait plus que les feux arrière des rares voitures qu'on dépassait en silence. Pour une fois le pouls de la ville me manquait. J'avais envie de ses rues qui courent à la surface comme des veines et de son métro qui pulse en dessous comme un cœur global. J'avais envie de camionnettes de livraison garées en double file et de chauffeurs de taxis qui écrasent leur klaxon. De portants de vêtements poussés sur la chaussée et de coursiers énervés qui se faufilent. De smokings bleu ciel de mariages chinois et de faux plats de sushis dans les vitrines des Japonais. J'avais envie d'un sac entier de *fortune cookies*. Je pensais à l'inégalité à la naissance, à la grâce, l'intelligence, le charme, le charisme. Je songeais à l'argent de mon père, et à Stella qui pense que savoir qu'on va hériter change tout. Pourtant ce n'est pas ça qui fait que je n'écris pas assez. Mon banquier ne comprend pas pourquoi je n'investis pas, pourquoi je n'épargne pas, mais de quoi parle-t-il ? Le peu que je gagne est chaque fois avalé par un trou noir, toujours une chose ou une autre à payer, je ne possède rien, alors autant s'offrir des millésimés. Le jour où je mourrai, j'espère que ce sera sur une plage, au petit matin, assise à côté de Marie, ou de la personne avec laquelle je serai, ou d'un oiseau quelconque si je suis seule ; et je ne lèverai pas mon verre au peu que j'aurai eu le temps d'accomplir, je le lèverai au soleil qui émergera de l'océan. Le reste m'est égal, l'élégance s'est perdue avec la mort des derniers princes et de leurs muses, et maintenant le péché est devenu trop bourge pour en valoir la peine.

Je n'avais pas envie de voir mon père auquel je ne peux jamais rien raconter. Je n'avais pas envie de me retrouver assise devant son bureau Empire avec ses pieds recourbés en griffes de lion. Je n'avais pas envie de déambuler dans les pièces boursouflées de pendules de bronze, de tables laquées et de commodes aux poignées ailées. Je ne porte pas le nom de mon père. Je porte un pseudonyme trouvé du temps où j'étais mannequin. Mon père non plus ne porte pas le nom de ses parents. Il porte un nom composé des deux noms de famille des deux personnes qui l'ont adopté. Ma mère non plus ne porte pas le nom de ses parents, elle porte aussi un pseudonyme pour son travail. Mon frère adopté porte le nom de mon père, et pas moi... Je voudrais bien en être plus proche, mais quand je l'ai vu la première fois, dans les bras de ma belle-mère, c'était le bébé que j'étais en âge d'avoir et que je savais que je n'aurais jamais. Quand je l'ai vu, sur les genoux de mon père, j'ai su qu'il recevrait tout ce dont j'avais manqué. Quand je l'ai vu, en photo sur des skis, sur le dos d'un poney ou avec un club de golf, j'ai su qu'il excellerait partout où j'avais abandonné. Et quand j'ai vu ses goûts sur sa page Facebook, j'ai su qu'il serait sans doute impossible de lui raconter les choix que j'ai faits, et pourquoi. Ça s'appelle probablement sous-estimer quelqu'un, mais c'est tellement plus simple.

À l'adolescence, on se recrée une famille. La mienne est composée de Marie dont le mot préféré est « assommant », comme Sagan ; de Stella qui vit pour l'écriture, la mer, les chiens et les hommes ; de Lily qui a déjà compris trop de choses. Et puis de quelques autres, comme Amélie, chez laquelle aucun appareil ne fonctionne parce que toutes les piles des télécommandes atterrissent dans son vibromasseur ; ou Guy, scénariste, dont l'insupportable perroquet du Gabon récite tous les dialogues chaque fois qu'on vient dîner ; ou Tony, scénariste lui aussi mais fauché, traumatisé par les huissiers et qui dort sur un sommier de bois dans lequel est caché en permanence tout ce à quoi il tient.

Je n'avais pas envie de voir mon père et ses quarante invités. J'avais envie d'aller m'asseoir dans un cinéma et de revenir au jour où on avait tous découvert la bande-annonce de *Trainspotting*. Renton court comme un dératé, se fait renverser, se redresse aussitôt et plaque ses mains à plat sur le capot en fixant le conducteur d'un air jubilatoire. *I chose not to choose life*.

Un simple bus à étage, un après-midi. J'étais installée en haut où les trois quarts des sièges étaient inoccupés, et pourtant je commençais à étouffer. J'étais restée un moment à tirer sur le col de mon tee-shirt pour l'éloigner de ma gorge, puis je m'étais levée pour redescendre. Il n'y avait pas plus de monde en bas mais je continuais d'avoir du mal à respirer. J'étais restée debout en me tenant à une poignée. J'avais la nausée et je ne comprenais pas pourquoi. Ce n'était ni digestif ni le mal des transports. C'était ce qui accompagne la peur. J'avais les mains moites et de la sueur se formait sur mes tempes. Je me tenais au bord de la passerelle, au ras du vide, à essayer de respirer. On était encore loin de l'arrêt suivant et je croyais que j'allais vomir. On ne roulait pas particulièrement vite alors j'avais sauté. Je pensais que le mouvement me ferait courir sur quelques mètres avant que je m'arrête. Au lieu de ça j'étais tombée. La voiture avait pilé juste à temps. Le pare-chocs était presque au-dessus de moi. Quelqu'un me prenait le coude pour essayer de me relever, et je voyais la roue à moins de cinquante centimètres de mes yeux. Quelques heures plus tard, je faisais des bonds dans la fosse d'un concert. Mais dans le bus de nuit, au retour, la sensation était revenue. Le lendemain, dans le métro, chaque fois que la rame ralentissait dans un tunnel, j'étais submergée de nausées. Les semaines suivantes, chaque fois que je me trouvais dans un espace clos dont la sortie était légèrement obstruée, je récitais en boucle les quelques mots de russe que j'avais appris avec Liev. Jusqu'à ce que je monte dans un avion et qu'en plein vol je veuille ouvrir la porte. J'ai pris sur moi de dix-sept à vingt-cinq ans, puis ensuite j'ai capitulé. Ce n'est pas d'avoir failli me faire écraser. C'est le sentiment d'étouffer, ressenti pour la première fois à l'étage de ce bus, qui du jour au lendemain s'est installé.

Plus jeune je me persuadais que je mourrais à vingt-quatre ans comme James Dean, puis à vingt-sept comme Joplin, puis à trente-trois comme Belushi. Maintenant je me dis peut-être à quarante-quatre comme Nico. Mais je sais que ce n'est pas de mourir dans la cohue d'une boîte de nuit que je redoute. Ma peur primale est l'agonie. Ma peur primale est le lit d'hôpital dans une chambre qui ne sera pas individuelle et où les autres ne feront que passer. Comme lorsqu'on rend visite à quelqu'un en prison, et qu'en repartant, une fois dehors, on prend une grande bouffée d'air en mesurant sa liberté. Ma terreur est de faire pitié.

Quand il m'arrive de ressentir une douleur inhabituelle qui pourrait conduire à un appel au secours, je me mets à ranger la vaisselle, à nettoyer à fond la cuvette des toilettes, à prendre une douche, tétanisée à l'idée que si le Samu ou les pompiers débarquent, ils puissent tomber sur quelque chose de pas net, de gênant, de triste. Il n'y a que ceux qui ont accompli ce qu'ils avaient à faire qui peuvent espérer que le moment venu, ils auront le temps de regarder la chose en face, de dresser un bilan, de dire merci la vie et d'accueillir avec curiosité le passage à l'état suivant, s'il existe. À quarante ans je n'ai rien accompli.

VII

J'ai sonné avec une orchidée, et c'est à des détails comme ça que ma belle-mère doit penser que je suis idiote, ou immature, ou Dieu sait quoi, mais je ne pouvais pas venir les mains vides. C'est aussi le moment où je me suis rendu compte que j'avais oublié de m'habiller. J'enfile une veste couture pour raconter un faux réveillon mais j'arrive en jean et en baskets à l'anniversaire de mon père. Pour finir, j'avais une bouteille de Dom Pérignon que Sam s'était chargé de trouver alors que mon père a horreur que je dépense de l'argent. Je regardais mes pieds quand la porte s'est ouverte. Non seulement je ne m'attendais en rien à ce qui allait suivre, mais si on avait tenté de m'y préparer à l'avance, j'aurais dévisagé la personne avec un réel intérêt en me demandant à quel genre de plante transgénique elle était défoncée.

Ma belle-mère n'était pas vêtue d'une robe de soirée, maquillée et coiffée. Elle avait une queue-de-cheval et portait un simple pull bleu marine avec un jean, comme moi. Derrière elle, l'entrée n'était pas illuminée, elle était plongée dans la pénombre et aucun brouhaha ne me parvenait. Il n'y avait pas quarante invités, il n'y avait que moi. Et mon frère n'était pas là.

— Il est à la fac, maintenant, tu sais ? Il est à Princeton, dans le New Jersey, c'était compliqué pour lui de faire le voyage. Ton père voulait fêter son anniversaire avec toi.

Je restais sur le seuil avec la bouteille et l'orchidée, et ma belle-mère a embrassé mes joues avec cette joie palpable qu'ont les gens quand ils sont heureux de vous revoir, de vous toucher. Sentir son parfum a fait remonter une image de la chienne qu'elle avait lorsque je vivais ici : Upsa, un setter irlandais qui détestait se retrouver seule avec moi quand ils sortaient et qu'il y avait de l'orage, qui se mettait debout pour ouvrir la porte d'entrée et descendait les guetter en bas, assise dans le hall, pendant que dans ma chambre sans volets je tremblais de trouille à chaque éclair qui illuminait la pièce et faisait ressortir les meubles figés.

— Sushis ou pizza ?
— Comment ?
— De quoi tu as envie ? On attendait de savoir si tu préférerais qu'on sorte ou qu'on fasse livrer quelque chose.

J'étais sidérée d'entendre que mon frère avait déjà dix-huit ans. J'étais décontenancée par la sympathie dans le ton de la voix de ma belle-mère, et stupéfiée par la réussite de son visage. Pas de chirurgie, seulement des injections, sans doute, et elle était lumineuse comme à trente ans. Je sentais encore la poignée de main de Sam, sur le trottoir, déçu qu'il ne soit pas utile de revenir me chercher car cette fois je pourrais rentrer à pied. Sam à qui j'avais choisi de dire au revoir ici plutôt qu'en bas de chez moi, sinon une fois remontée, je serais restée à regarder la chaussée où la voiture aurait disparu ; Sam que je venais peut-être de retrouver pour la dernière fois, et puis la lumière s'est allumée dans l'entrée, et j'ai vu mon père émerger du fond du couloir, en pull lui aussi, l'air à la fois heureux de me revoir et embarrassé de le montrer.

— Sushis ou pizza ? a répété ma belle-mère.
— Je ne sais pas, j'ai balbutié, pizza.
— Pizza, chéri ? elle a demandé en se tournant vers mon père.
— Pizza très bien, il a répondu en prenant la bouteille et l'orchidée que je lui tendais maladroitement. Tu me gâtes, il a ajouté, semblant sur le point de faire un pas de plus pour m'embrasser, et en fait non, il s'est dirigé vers la cuisine.

De chaque côté du couloir, les pièces étaient dans le noir à l'exception du petit salon où les infos étaient en cours sur l'écran sans le son. J'ai continué jusqu'aux chambres auxquelles j'ai jeté un œil depuis le pas des portes. Il n'y avait plus aucun meuble Empire ou Napoléon III. Il n'y avait plus que du design italien partout. Du noir, du blanc, du Plexiglas, de la tôle d'acier et une épaisse moquette blanc cassé à la place du parquet. Mais le plus surprenant restait à venir. Quand je les ai rejoints dans la cuisine où ils se trouvaient tous les deux, ma belle-mère en train de défaire l'emballage de l'orchidée posée sur le plan de travail, et mon père de sortir des coupes d'un placard, la radio était allumée, un petit poste qui devait servir à la femme de ménage ou à mon père pour écouter les infos le matin. *I Love Rock'n'Roll* de Joan Jett faisait hocher la tête à ma belle-mère qui continuait de déballer l'orchidée, jusqu'à ce que le refrain arrive et qu'elle commence à se déhancher en s'approchant de mon père, les bras levés en chantant *I love rock'n'roll, so put another dime in the jukebox, baby...*

Là j'ai cru qu'ils se payaient ma tête. Mon père m'a invitée à le suivre dans le petit salon, où il a ramassé un magazine qui traînait sur le canapé pour que je puisse m'asseoir, et quand j'ai vu que Damien Hirst en faisait la couverture, sans que mon père ne semble sur le point de dire quelque chose, sans que rien n'indique que j'allais encore avoir droit à un cours sur l'art, j'ai explosé.

Je tournais sur moi-même en désignant les immenses toiles accrochées :

— Qu'est-ce que tu trouves à l'art contemporain, hein ? Comment tu peux vivre avec ça ? Je croyais que l'art était censé être l'expression de la beauté. C'est quoi le problème, maintenant c'est devenu ringard ? On n'a plus droit qu'à la laideur sous toutes ses formes ? Sociale, économique, morale, physique ? Et plus elle est banalisée, plus elle est encensée ? Tous ces gens qui se réunissent en jurys, en commissions, c'est rien d'autre que des groupes de pouvoir qui ont besoin de justifier leur existence. Ils sont qui, pour décider qu'untel a une vitesse de plus que le voisin et qu'il mérite d'être vendu tant ? Morandi a passé sa vie entière à rechercher la justesse dans la lumière qui changeait sur des objets qu'il déplaçait tous les jours sur une table. Il y a du courage dans la recherche de la beauté. C'est pas une chose donnée, c'est pas d'emblée dans le regard, il faut aller la chercher. Alors que tout ça, c'est d'une complaisance effarante. Hirst vend un crâne incrusté de diamants cent millions de dollars ? Les diamants n'ont que la valeur qu'on leur donne, et il a le culot d'appeler ça *Pour l'amour de Dieu*.

Les mains de ma belle-mère se sont posées sur mes épaules pour les masser, et ça m'a empêchée d'ajouter que maintenant j'allais rentrer chez moi parce que la plaisanterie avait assez duré. Je suis restée à reprendre mon souffle, en silence, sans oser croiser le regard de mon père, sans savoir s'il venait de me trouver plutôt maligne ou complètement ignare, s'il était brusquement un peu fier ou au contraire affligé. J'avais envie de disparaître, qu'il n'y ait qu'un pas pour atteindre la porte d'entrée et dévaler l'escalier, mais ma belle-mère continuait de me masser en demandant quel genre de pizza nous ferait plaisir.

On était assis sur la moquette autour de la table basse, dans le grand salon, où je n'avais encore jamais vu personne assis par terre, et où je n'avais jamais eu le droit d'apporter de nourriture. Sur la table étaient étalés les cartons de pizza, les serviettes en papier tachées de sauce tomate, ma bouteille de champagne terminée, une autre entamée, et l'orchidée posée sur une soucoupe. Ma belle-mère et moi étions installées côte à côte, adossées au canapé derrière nous ; mon père en face, adossé à l'autre. Entre nous trônait un jeu de Scrabble, et mon père, en chemise, les sourcils froncés, avait les yeux qui allaient du plateau à ses lettres qu'il inversait sur son support sans parvenir à se décider. Je reconnaissais ses cheveux qui sont aussi raides et fins et mous que les miens, mais j'avais l'impression de ne pas connaître ses mains. Je détaillais les ongles courts, les quelques poils bouclés grisonnants, et je n'avais aucun souvenir de ces grandes mains en train de me soulever dans les airs ou de me nouer une écharpe autour du cou. Les mains de ma mère non plus n'avaient sans doute jamais fait ça, mais au moins les avais-je vues tenir un appareil photo, charger une pellicule ou noter quelque chose au feutre avec le bouchon entre les dents. J'aurais aimé me rappeler le jour où elle m'avait tendu le Polaroïd. J'aurais aimé avoir la certitude que cette scène avait bien eu lieu. Ça m'aurait permis de lui demander pourquoi, alors qu'elle est photographe et ne s'est jamais intéressée à moi autrement qu'en me prenant en photo, elle n'avait pas voulu garder celle-ci.

Mon père a fini par soupirer en disant que ma belle-mère gagnait avec trop de points d'avance, et il s'est relevé en s'appuyant sur le canapé. Je me suis levée aussi pour l'embrasser et lui souhaiter un bon anniversaire, puis je l'ai regardé quitter la pièce. Il s'éloignait d'un pas lourd, fatigué, et j'ai repensé à mon coiffeur qui n'avait pas regardé son père sortir de table, le soir de Noël. Ma belle-mère s'est levée à son tour en demandant si je voulais de la tisane, j'ai fait signe que non et j'en ai profité pour me rendre dans l'entrée où j'ai sorti mon portable de la poche de mon manteau. J'ai été soulagée de voir que les textos envoyés à Marie avaient enfin été remis, et je suis retournée m'asseoir dans le salon pour en écrire un autre, disant que j'étais chez mon père et que je l'appellerais en partant. Je regardais le plateau du Scrabble où les mots de ma belle-mère et de mon père étaient bien plus variés que les miens, bien plus longs, bien plus élaborés. Je me demandais comment je peux à la fois écrire des livres et avoir quinze ans d'âge mental, mais je le sais, mes livres aussi ont quinze ans d'âge mental. Mon portable a vibré sur la moquette, j'ai pensé que c'était Marie qui répondait, et c'était Bret. À mesure que la journée s'était écoulée, l'envie de lire une de ses blagues imbitables m'avait passé. Mais au lieu de ça, le texto disait :

« N'oublie pas que les gens croient toujours ce qui est écrit. »

Ma belle-mère a réapparu avec une tasse, elle y trempait un sachet pour le faire infuser. Elle s'est rassise à côté de moi plutôt que de s'installer en face.

— On finit la partie ?
— Il faut quand même que je vous lise ça, a fait la voix de mon père.

On a levé les yeux, et il se tenait là, en chemise de nuit. Une chemise de nuit pour homme, si tant est que ça existe. Un imprimé Vichy bleu ciel et blanc qui se terminait en arrondi en dessous des genoux. Il se tenait là avec un livre de poche et il a commencé à lire :

— *Timbre de la devise matinale, morte saison de l'étoile précoce, je cours au terme de mon cintre, colisée fossoyé. Assez baisé le crin nubile des céréales : la cardeuse, l'opiniâtre, nos confins la soumettent.*

Ma belle-mère et moi on s'est regardées et on a éclaté de rire.

— Rien compris ! on a laissé échapper en même temps.

— Recommence, a ajouté ma belle-mère.

Mon père s'est penché pour prendre la bouteille sur la table, en a bu une rasade, puis a relu le passage. Ma belle-mère et moi étions suspendues à ses lèvres, avant d'éclater de rire de nouveau. Il a relu le passage une troisième fois, et nous roulions presque sous la table tandis qu'il arpentait le salon en chemise de nuit, un livre de poésie dans une main, une bouteille de champagne dans l'autre, en déclamant du René Char auquel aucun de nous trois ne comprenait le moindre mot. Il a encore relu une fois, comme pour lui-même, puis il a fait une sorte de révérence pour prendre congé et est reparti en continuant à lire tout haut. Cette fois je l'ai suivi jusqu'à sa chambre. Je suis allée tirer les rideaux pendant qu'il se glissait sous les draps.

— Tu devrais venir habiter ici, il a dit alors que je n'osais pas me pencher pour l'embrasser à nouveau. C'est ridicule de payer un loyer. On n'est jamais là, tu pourrais faire tout ce que tu veux et ça nous ferait plaisir que tu en profites.

Ma belle-mère est descendue avec moi pour prendre l'air. On marchait lentement, côte à côte. Elle parlait de son père malade, à l'état de légume, à qui elle rendait visite toutes les semaines, ici, à Paris. Il était chez lui, avec tout ce dont il avait besoin, mais elle ne savait pas ce dont il pouvait avoir envie, il ne parlait plus. Elle ne savait pas non plus s'il était lucide, s'il la reconnaissait encore. Son unique distraction était une télé placée devant son lit mais elle doutait qu'il la regarde vraiment. Liev avait encore toute sa tête à quatre-vingt-douze ans. Tout d'un coup ma belle-mère s'est exclamée quelque chose que je n'ai pas compris et elle s'est élancée sur le trottoir. Je suis restée un instant à la suivre du regard, avant de m'élancer à mon tour. Mais qu'est-ce que tu fous ? je criais en courant derrière elle. Brusquement elle s'est arrêtée devant une voiture garée, s'est mise à genoux et a commencé à s'aplatir autant qu'elle pouvait comme si elle voulait se glisser en dessous.

— Qu'est-ce que tu fais ? j'ai répété en la rejoignant, essoufflée.
— Un écureuil.
— Un quoi ?

Elle s'est redressée avec un air triste, a encore scruté le sol quelques secondes, puis on est reparties lentement. On marchait en se cognant aux épaules, et elle a fini par dire que sa meilleure amie était morte.

Je me suis arrêtée de marcher. De tout leur entourage c'était la plus belle, et en même temps la plus discrète. La seule qui venait dans ma chambre, quand il y avait un dîner. La seule qui s'asseyait au bord de mon lit et me caressait le front en me demandant comment j'allais.

Ma belle-mère est revenue sur ses pas.

— Elle s'est suicidée, avec un de ses frères.

– *Quoi ?*

— Celui qui était très dépressif.

— Mais elle a laissé une lettre ? Quelque chose ?

— Ils sont allés dans le chalet qu'ils avaient en Suisse, et puis ils ont pris on ne sait quoi.

— Mais *pourquoi* ?

— Ils se sont couchés tous les deux, et ils ont attendu. On les a trouvés l'un à côté de l'autre.

Ma belle-mère regardait vers le boulevard au bout de la rue.

— Elle s'ennuyait. Son mari était mort et elle s'ennuyait. Elle n'était pas déprimée, elle ne voyait plus l'intérêt. Enfin je crois que c'est ça. Elle n'a rien dit à personne.

— Elle ne t'a rien dit à *toi* ?

— On a enterré tellement de gens ces derniers temps, si tu savais. Que des cancers. Mais ton père va bien. Et ton frère est un bonheur. Tu lui manques. Il ne comprend pas pourquoi il ne te voit jamais. Il a commencé à lire tes livres. Il faut que je dorme, on repart tôt demain matin. Viens nous voir à Londres.

J'avais une boule dans la gorge en la regardant s'engouffrer dans le hall de l'immeuble. Je comprenais que ma peur de mourir est aussi le refus de rompre le lien avec les gens à qui je tiens. De les perdre, mais aussi de les abandonner. Je suis retournée vers la voiture sous laquelle l'écureuil avait disparu. Je l'ai contournée pour m'accroupir sur la chaussée d'où on verrait mieux que depuis le trottoir surélevé. Des phares m'ont éblouie et je me suis redressée en me collant à la voiture pour laisser passer celle qui arrivait. Elle s'est arrêtée à ma hauteur, la vitre s'est baissée et j'ai vu Sam qui souriait.

Épilogue

— Il a des yeux verts grands comme un lac et des oreilles décollées. Un môme des rues à la Cartier-Bresson. Il était dans les bras d'une dame, il pleurait sans arrêt. Je lui tendais des petites voitures et il les jetait par terre. Il se balançait en pleurant et je me disais il est autiste. Ils l'ont trouvé dans la banlieue de Moscou. Une sorte de squat où venait une femme, et puis un jour les voisins n'ont plus vu la femme et ils ont appelé les services sociaux. Tu as un enfant en face de toi, juste un, on ne t'en présente qu'un, et tu dois être sûre. J'avais apporté un petit orgue aussi, tu sais, un orgue de Barbarie, avec une manivelle. Ça jouait *La Vie en rose*, et quand il a entendu l'air, il a arrêté de pleurer. J'ai adoré sa manière d'écouter, et c'est là que je l'ai touché pour la première fois, j'ai pris sa main pour lui faire tourner la manivelle. L'après-midi je suis revenue sans l'avocat ni l'interprète. J'ai poussé une porte et il était là, dans une pièce avec plein d'autres mômes. Quand il a tourné la tête, il avait un beignet dans la bouche et j'ai vu ses yeux s'agrandir. Et puis il s'est levé et il est venu se mettre près de moi. C'est mon fils, Ann. Il va avoir trois ans.

Assise sur la banquette arrière, le portable collé à l'oreille, j'étais sans voix. Marie avait rempli un agrément d'adoption il y a plus d'un an et n'avait rien dit ?

— T'es où ? j'ai fini par murmurer.

— En bas de chez toi ! Je meurs de froid, dépêche-toi.

Je suis restée à regarder le portable dans ma main. Stella quittait Paris, ma belle-mère aimait Joan Jett, mon père portait des chemises de nuit, mon frère avait déjà dix-huit ans et Marie adoptait un enfant.

On a quinze ans. On met du rouge à lèvres pour se regarder éclater de rire. On se fait appeler Holly & Fred, on écoute *Moonriver* en boucle et on mange des croissants devant la vitrine de Van Cleef & Arpels. On distribue des dialogues de films comme nos dernières pièces de monnaie en se demandant où sont les caméras. Je lui dis que chacune de ses phrases est comme une pluie de paillettes qui saigne de son cerveau, et elle plante ses dents dans mon épaule pour répondre : « Mon centre de gravité, je sais que tu sais, et moi aussi j'ai des taches de rousseur, et je *sais* que ce n'est que ma version de l'histoire, mais rejoins-moi sur le tapis, allonge-toi près de moi qu'on règle ça, et je te promets qu'ensuite, on sombrera si doucement que personne ne s'en apercevra. »

Les étudiants en arts plastiques parlaient de la douleur pendant que chaque jour elle me crucifiait aux murs. Dans les cafés les filles fumaient le cigare et dans les bus les garçons lisaient Nietzsche, et elle me disait écris tout ça, et je le voulais, mais chaque fois que j'essayais, mes mots se perdaient quelque part entre sa gorge et les nervures d'un glaçon qui ne fondait jamais. On rêvait de mariage sur un toit au Japon avec un enfant attardé qui découperait des horizons de gratte-ciel dans des feuilles de papier. On ne possédait rien, les manteaux comme les lits étaient toujours empruntés. On renversait les Martini parce que les verres étaient trop compliqués et elle s'évanouissait sur des piles de fourrures, mais dans son sommeil elle appelait mon prénom. Elle disait qu'elle avait besoin de ma peau comme si la sienne ne suffisait pas à la contenir. Je voulais m'enrouler dans tous ses vieux pulls, et les matins de 1er janvier, quand il neigeait, on traversait la ville encore endormie sous les confettis et c'était comme si quelqu'un l'avait enveloppée de blanc pour nous l'offrir en silence comme un secret.

Je regardais la nuque de Sam qui conduisait et me ramenait chez moi. J'avais envie d'appeler Shannon et qu'elle me dise que son plus grand regret était de ne pas avoir vu Noureev danser, ou de ne pas avoir entendu Piaf chanter, ou de ne pas être montée dans le Concorde. J'avais envie qu'elle me dise : emmène-moi à New York, on achètera des lunettes en plastique bleu, on volera les verres dans les bars, on les jettera sur le trottoir, on mettra la ville à sac et on la laissera se reconstruire de bitume et de néons pendant qu'on dormira. Emmène-moi à Boston, on louera un manoir trop grand qu'on ne pourra pas chauffer et je te lirai du T. S. Eliot au petit déjeuner. Retrouve-moi à Istanbul devant le Çiragan Palace, je t'enverrai des refrains des Kills en attendant que ton taxi émerge des embouteillages, et en te serrant contre moi, je te dirai que tu es un accident qui n'en finit pas d'arriver et que j'adore ça.

Le portable de Shannon était éteint. Sur sa messagerie j'ai seulement dit :

« Si tu penses que ça peut vraiment commencer, tu sais où me trouver. »

On arrivait dans ma rue et je voyais Marie, de loin, devant l'entrée de mon immeuble. J'ai appuyé sur le bouton de la vitre pour la faire descendre. Marie tenait une bouteille qu'elle a levée quand on s'est arrêtés et elle a crié quelque chose que je n'ai pas entendu. J'ai dit à Sam de ne pas bouger, je suis sortie de son côté et me suis approchée de la vitre qu'il baissait.

— On va se revoir, n'est-ce pas ? j'ai demandé en tendant ma main.

Il est descendu à son tour et ses bras se sont ouverts. J'aurais pu rester tapie là pour toujours, la joue écrasée contre sa veste. Je le revoyais pénétrer dans le hall de chez mon médecin, ramer sur le lac du bois de Boulogne, en retrait sur la tombe de Liev. Je sais que si ma mère me coupait les cheveux elle-même, ce n'était pas par flemme de m'emmener chez le coiffeur mais parce qu'elle savait le faire. Je sais que c'était un signe de complicité et qu'il y a dû en avoir d'autres. Mais je ne peux pas me souvenir. Lily a raison, mon besoin de contrôle est tellement suffocant que chez moi on se regarde déjà dans le blanc de l'œil. Rien aux murs, rien qui traîne, pas même une carte postale ou une photo dans le coin d'un miroir. Tout ce que j'ai vécu, tout ce que j'ai aimé, tout ça est enfoui en moi. Si demain quelqu'un cherchait à savoir ce que j'écoute comme musique ou ce que je regarde comme films, il faudrait qu'il fouille dans mon ordinateur ou qu'il me force à parler. Je reste en vol parce que je ne sais pas où me poser. Je suis de passage parce que je ne trouve rien sur quoi m'appuyer.

J'ai fini par me dégager de l'étreinte de Sam, et Marie a de nouveau levé sa bouteille :

— À la robe de pourpre ! À la folle jeunesse !

J'ai levé ma main pour crier la même chose, puis j'ai souri à Sam une dernière fois et j'ai regardé de chaque côté de la rue avant de traverser. J'avais envie que quelqu'un me dise : tout ce qui est familier est un morceau de Leonard Cohen qu'on perçoit à l'autre bout du palier, pendant que tu me regardes dormir dans une chambre du Chelsea Hotel. Tout ce qui est familier est un drap froissé dans le petit matin qui se lève, et le sang que tu sens affluer sous ta peau chaque fois que je rouvre les yeux pour vérifier, juste vérifier.

La citation figurant page 116 est extraite du poème de René Char, *Le Visage nuptial* (1938).

Merci à la SGDL, Nadia Naïli et G.-O. Châteaureynaud.
Merci à Jean-Marc Roberts.
Merci à Guillaume Robert.
Merci à Mané, Simo, Sandra, Émilie, Becca, et la Corse.
Merci à mes parents pour leur humour et leur tendresse.

En souvenir d'Élisabeth Gille et de Françoise Verny.
À la mémoire de Jim Carroll et de Fred Chichin.

10195

Composition
IGS-CP

*Achevé d'imprimer en Slovaquie
par NOVOPRINT SLK
le 6 août 2017.*

Dépôt légal : août 2017
EAN 9782290034507
OTP L21EPLN000997N001

ÉDITIONS J'AI LU
87, quai Panhard-et-Levassor, 75013 Paris

Diffusion France et étranger : Flammarion